博多旅人問屋日月抄

拐（かどわ）かし

周防　凛太郎

櫂歌書房

長瀬新四郎は博多上川端商人街の川端大神宮を目印に、桜田屋を探していた。

ようやく屋号を探し出して、しばらく店の前に立ち止まっていたが、思い切ったような顔つきで店の暖簾(のれん)をくぐった。

「それがし萬町の西方寺に住んでおる長瀬新四郎と申す者だが、手ごろな職がないものかと探しておってな」

「…………」

「実は西方寺の浄円和尚から、いちど桜田屋を訪ねてみよと言われて、うかがった次第だが…」

「ちょっと、お待ちください」

店番をしていた番頭らしき男は新四郎の顔をもう一度確かめるように、じっと見つめて観察したあと奥に入った。

長瀬新四郎は、半年前までは福岡藩の藩士であった。下級藩士であっても藩政改革のあおりで人員削減にあったのだ。両親も他界し、いまだ独り身ということから身軽さもあって、みずから辞職を願い出て浪人となった。

五尺六寸、中肉、渋い掘りの深い顔立ちをしている、広い肩幅が剣術の心得がかなりのものであることを物語っている。

こざっぱりした羽織と袴でいるのは、まだ浪人になってから日も浅いため、ひどくやつれた様子は見られない。

筑前国の福岡藩は五十二万石の大藩、外様大名である。

しかし藩が大藩であれば、外目には、実入りも多く財政も余裕があって豊かなように思われるが、屋台骨が大きいと、またもろもろの出費も大きい。

福岡藩は江戸幕府から参勤交代を免除されたかわりに、唯一、日本が外国に開いた長崎で異国船を警備する長崎警護役に任命されている。

しかしその経費は参勤交代の出費をはるかに上まわっていた。

飢饉などが起きれば藩内の年貢米が収納できず、藩士はその影響を受けやすい。

長瀬家は父の代に禄高三十石の下級武士として召し抱えられた。それだけに縁故も少なく、妻子もいないことから、まっ先にお役を返上するように上司から告げられたのだった。

亡き父新左衛門はもともと支藩の直方藩五万石の藩士であったが、藩主に世継ぎがいないために廃藩となり本藩に移籍されていた。

親も子も本藩と縁が薄いことも影響した。

亡父の新左衛門が西方寺の浄円和尚と懇意であったことから、浪人となってからは、寺の一部屋を借りて寝泊まりしている。そのかわり本堂や庭の清掃などを手伝っている。

「お待たせしました。てまえがあるじの桜田屋伝兵衛でございます」

五十を過ぎた恰幅のよい堂々とした躰をしている。顎の張った顔つきに大きな眼とどっしりとした鼻がすわっていて笑顔を絶やさない。落ち着いた物腰は大店を取り仕切る貫禄がそなわっている。

「その方も知っておる西方寺の浄円和尚からの話でな、旅人問屋をやっているそなたの店を訪ねてみよと言われたので、こうしてうかがった次第でござる」

「立ち話も何です。どうかおかけください」

伝兵衛は笑顔をみせながら板敷きの框(かまち)を指さした。

腰をおろすと、まわりを見回した。

玄関まわりは広い土間と板の間になっており、数十人が座れる板張りがよく磨かれて黒光りしている。帳場正面の壁には『旅人問屋』という額縁が掲げられて、金箔の太文字が彫り込まれている。

伝兵衛は客あしらいに慣れているらしく、物腰もおだやかで、微笑を絶やさず、恵比寿顔で新四郎を見て言った。

「ご浪人さんですな」

「さよう」

「どちらにお勤めでございました？」

「当藩じゃ、わけは申せぬが…」

伝兵衛はかるくうなずくと、帳場から書き物を持ってきた。

「いつごろ禄を離れなさったのですか」

「ふむ、もう半年以上になる」

新四郎は応えていて、気恥ずかしい気持ちがわきあがって来た。藩を去っても職をさがすことは案外にたやすいと思っていた。

徒食（としょく）のまま月日が流れて、むこうから働き口がやってくるはずもなかった。もともと藩から受け取る給金もわずかであり、気にいった仕事を探し出せないでいた。

伝兵衛は無遠慮に新四郎をじろじろと観察している。

「何か望まれることはありますか」

「いや、とくにない。そなたの店では、いろいろな職を日雇いで紹介していると聞いた。それがしを必要とする雇い主があれば、まわしてくれないか」

「いかほどで？」

「それは先方との相談だが、あまり無理を言える立場ではないことは承知している」

「ご妻女とお子は？」

「いや、おらん、まだ独り身でな…」

洗いざらい聞かれて、新四郎は少しむっとした顔つきをした。

「長瀬さま、この看板の意味はおわかりになりますか？」

と伝兵衛に問われた。

「さっきから気になっていたのだが、『旅人問屋』とはどんな仕事なのだ」

「よく聞いておくんなさった。あっしは桜田屋の三代目になります」

「ふむ…」

「かなり古い昔に遡りますが、元文二年（一七三七）のことでした。享保の大飢饉で、福岡城下では日雇い人が非常に少なくなっちまいました。何しろ大飢饉で餓死者が大勢出ちまいましてね。驚いちゃいけませんよ。当時、福岡・博多の人口の三分の一が餓死したんですから…驚きですな」

「そりゃ、ひどい！」

「そうでしょう。そこで先代の伝兵衛が藩庁に願い出まして、日雇い人を集める問屋を始めたというわけです」

「どこから集めたのかな？」

「豊後・豊前はもとより中国筋も回って集めたようです。今もそれを続けています」

「いったい日雇いはどんな仕事を？」

「仕事は米をついたり、屋根を葺いたり、家の修理を手伝ったりで、多種多様でしてな」

「日雇いと申しても数日かかる仕事もあるだろうが、日雇い人はどこに住まうのか?」

「てまえの店の裏に長屋がありましてな、日雇いの間、そこに住んでもらうのです。もちろん、まかないつきです」

「まかないつき?」

「昼は弁当を持って行きますが、朝夕は当方でまかなっております」

まかないという言葉に、新四郎は眼を輝かせた。寺のまかないといっても精進料理ばかりで少し飽きも来ていた。

「それがしにもできる仕事があるかのう」

「お侍だということを忘れることが出来ねば、我慢ならぬこともあるでしょうな」

話を聞いている新四郎は一瞬、不安な気持ちが脳裡をよぎった。

その時だった。

若い娘が店の暖簾をはね上げて飛び込んで来た。

ながし髪を後ろで止めた若い娘は顔色を変え、まなじりを上げて伝兵衛を睨んだ。

「話がまるで違っていました。おかげでひどいめに遭うところでした」

顔が青白くこわばっており、噛みつくような声で叫んだ。

「どうなされました。梶谷さま」

伝兵衛は日雇いの扱いに慣れているらしく、動ずる気配がない。

「じっとしているだけでよい、うまい仕事だと言ったでしょう」

「さよう、申しました」

「土人形の型を作るというので、おとなしくしていたら、今度は裸になれと言うじゃないの」

「ほほう、それは存じませんでした」

「なんでも湯あみする女の博多人形を作ると人形師が言い出してさ、着物を脱がされかけて、殴ってきた。色きちがいめ」

梶谷と呼ばれた娘は、口は荒っぽいが、上気した頬が匂い立つように若々しい。黒目がちの眸で、白い歯が赤い唇からのぞいている。

「お手当は、高かったはずですが」

「あたりまえです。もっとわたしに向いた仕事をあてがってください」

伝兵衛に要求したあと、框に坐っている若い新四郎に気づくと、急に声を弱めた。

「そうですな…と」

伝兵衛は机から帳面を取り上げて、しきりにめくって、

「鍛治町の進藤さま…あっ、これはやめにしょう。若い娘には荷が重い」

などと口ばしりながら、

「もうしばらくお待ちください」

と帳面を閉じながら、長瀬さま、と新四郎に視線を向けると言った。

「剣の腕前の方は？」

「いささか、福岡藩伝柳生新影流の皆伝目録を得ており申す」

「ほほう、それは頼もしい」

「剣の心得が日雇いで役に立ちますかな」

「おおいにありますとも、紺屋町に道場を開いている柿崎さま、ここは道場で稽古のお手伝いです」

「それをわたしがもらいます」

梶谷という娘は、いきなり口をはさむと、伝兵衛と新四郎を見くらべながら言った。

「おや、梶谷さまも剣の心得がおありで？」

「ええ、亡くなった父は豊前中津で一刀流の道場を開いて剣術を教えていました。幼い頃から父に習ったので、わたくしも少々の心得がございます」

「しかし……」

しばらく押し問答のすえ、

「わかりました、こうしましょう。明日、午の刻に紺屋町の柿崎道場を訪ねてください。真庭念流の柿崎半衛門先生には、お二人の剣の遣い手がまいりますと伝えておきます。それで先生が気にいった方を決めてもらいましょう」

伝兵衛は自分の考えに、さも満足した顔つきで二人を見つめた。


新四郎は約束の午の刻（正午）に道場に着いた。紺屋町の柿崎道場には、伝兵衛が言っていたとおり、長さ四尺ほどもある分厚いケヤキに墨痕で真庭念流と揮毫（きごう）された看板を掲げていた。

「たのもうー」

新四郎が訪（おと）ないを入れると、ひとりの若い門人が現れた。

旅人問屋からすでに連絡を受けていたらしく、お待ちしていましたと丁寧なあいさつで迎えられた。

　道場の廊下を通ってちらと横目に道場を見たが、稽古をする門人の姿も見えず閑散としている。

　道場主の柿崎半衛門が、奥座敷前の廊下に出て新四郎を笑顔で迎えた。

　五十半ばと思われる中肉中背、幾分腹が出ているが、がっしりした体軀をしている。長年の剣術修業を続けてきたという年輪が、角張った顔の深い皺と大きな眼の鋭い眼光が物語っている。話す声が大きい。

　部屋に入ると梶谷と言っていた娘がすでに着座していた。

　剣術の稽古を予想してか、髪は男装のように後ろを束ね、馬乗り袴を着用している。口入れ先の不満を伝兵衛に言い立てていた姿からは、想像もできない凛々しい姿である。

　新四郎と目線が合うと緊張した面持ちで微笑し、黙って目礼をした。

「いやいや、ご足労いただきかたじけない。すでに道場を見てこられた通り、弟子は少なくてな、何とかせねばと思うておるところでな、剣の心得のある御仁を迎えて道場を盛りかえしたいと思っておるのじゃ」

「門人が多すぎて、その手伝いのためかと思ってまいりましたが…」

いささか拍子抜けした話に、新四郎は伝兵衛から聞いた内容と少しちがうのではないかと思った。

「いやあー、このご時世、剣術に熱を入れるものが少なくなりましてな…」

半衛門は右手で後ろ頸を掻きながら苦笑して言った。

この程度の道場経営では、満足するような手当ては期待できまいと、新四郎は内心考えながら、とりあえず師範代の役目を聞きたいと思った。

半兵衛は、人材は欲しいのだが、当初の師範代の手当ては些少(さしょう)にて了解いただき、門人が増えれば、その歩合によって手当てを増やしていく方針だと言った。

「では、今日はいかがなされますか？」

「せっかく、当道場を訪ねて来られたのじゃ、それぞれ一手ずつご指南いただきましょうか」

柿崎半衛門は二人を道場に案内した。道場の中に入ったが、それほど広くはなかった。商家の蔵を改装して、にわかに道場にしたのではないかと思われた。十五坪ほどはありそうだ。

「まず最初は、梶谷早苗どのからお手合わせを願おうか」

「はい」

娘は気張った返事をした。

梶谷早苗というのかと、新四郎はもう一度その名前をつぶやいた。

柿崎半衛門は梶谷早苗に竹刀を渡すと、道場の中央に導いた。

早苗は落ち着いた足どりで床板を踏みしめると、一礼して半衛門と対峙した。

互いに青眼の構えから、ゆっくりとした足どりで間合いをとった。

幾分肥えて動きが鈍いが、半衛門の竹刀は相手を押さえ込む力が感じられた。

半衛門は誘うようにつっと間合いを詰めた。

「えい！」

「やあ！」

相手の気魄（きはく）に負けない早苗の鋭い声が道場に響いた後、互いに二合、三合と打ち合った。四合目で双方に竹刀を返す鋭い動きがあった後、打ち合う音が止まった。

半衛門の竹刀は早苗の肩を打ち、早苗は半衛門の胴を抜いた相い打ちだった。

「あいわかった。これまで」

半衛門は新四郎に竹刀を手渡すと、早苗と手合わせをするように合図した。

「なかなか手強い、用心めされよ」

半衛門は新四郎につぶやくと師範代席に腰を下ろした。

半衛門の顔には、息が上がりすでに疲労の色が出ていた。

しかし早苗はさしたる疲労の色も見せず、平然とした顔つきで新四郎に一礼すると青眼に構えた。

「では、まいろう」

新四郎は声をかけると青眼に構えて、早苗の竹刀の動きを見ながら、間合いを取り、ゆっくりと右にまわった。

早苗の構えには隙がなかった。新四郎の動きに誘われるように青眼の構えを崩さず、わずかに間合いを詰めた。

道場を開いていた亡き父親から剣の手ほどきを受けていたのであろう。無駄な動きがなく、鋭い目線が新四郎を射ていた。

機先（きせん）の先を取ることが勝敗を決すると思った動きだった。

新四郎には、早苗が隙をみせないことに意識するあまり、両肩に力が入って姿勢が堅くなっているのがわかった。

早苗は間合いを一気に詰めると、振り上げた姿勢から素早く打ち込んだ。

新四郎は躰をかわすと早苗の竹刀をたたき落とした。それでも早苗は怯まずに組みついてきた。

それをかわして軽く足をすくった。早苗の躰は勢いあまって前のめりになりながら道場の壁板にぶち当たって倒れた。

新四郎の一方的な勝ちであった。

早苗は疲労の色を見せて、大きくあえいでしばらく立ち上がれなかった。

「勝負はそれまでじゃ」

半衛門が立ち上がって稽古試合の終わりを告げた。

「長瀬どの、そなたは、なかなかの腕前じゃな、手当ては十分ではないことは先ほど申したが、師範代として当道場を手伝ってくれんか」

「立ち合ってみて梶谷早苗どのも、なかなかの腕前でござる。当道場のお手伝いを、それがしと交代でするということで了承されるなら、それがしは異存はござらんが」

「もちろん承知、承知でござる。梶谷早苗どのもいかがでござろう」

早苗は顔を赤くして、そうお願いできればと恐縮した顔つきで言った。

「そうか、これで決まった。ちかごろは護身のために娘子も剣術を学ぶ者がいると聞いておる。女の師範代もまたよかろう。ぜひともお二人に当道場の師範代を願いたい」

半衛門は満面に笑みを浮かべて言った。


三月初旬の福岡城下は梅の花が咲き誇り、桜の樹木は枯れ枝のようにも思えた枝の先に、小さな蕾がふくらみはじめていた。城郭の西側に位置する大濠には、朝陽が満満とした濠の水面を照らしていて、水鳥の泳ぐ方向から次第に波紋が広がっている。

大手門から見える多聞櫓(やぐら)の塀ぎわの樹林は石垣と白壁ともに濠の各所に美しい影を写し出している。

浪人となった新四郎にとって、ふたたび立ち入ることのない城内である。なつかしい思いと、一方ではほっと安堵した思いが交錯していた。

柿崎半衛門から新四郎の剣の腕前を聞いた桜田屋伝兵衛は、新たな日雇い仕事を紹介してくれたのである。

新町に店舗を持ち、おもに武家屋敷をまわって商いをしている姫路屋という商家からの依頼であった。

福岡藩祖の父、黒田孝高はのちに如水と号したが、姫路屋は姫路城に孝高がいたという縁もあって、姫路屋の祖先も遠いむかし九州筑前の福岡に移り住んだという。

新四郎は姫路屋の前に立つと、すぐに店に入らずに店構えを眺めた。

造作も頑丈で広さも予想した以上に大きな家屋敷だった。

商売もうまくいっているらしく、活気のある店舗も掃除がゆきとどいていて気持ちの良い雰囲気である。

新町は新しい町割りで、店の間口も広い。店の前をせわしなく行き交う人々が、店の前で立ち止まっている新四郎を振り返って見た。

新四郎は姫路屋の暖簾をくぐると、大きく息を吸って意を決したように言った。

「旅人問屋の桜田屋から頼まれてうかがった。それがしは長瀬新四郎と申す」

年格好は四十代のしっかりした物腰の番頭らしき男が、新四郎を見ると笑顔でもみ手をしながら迎えた。

ちょっとお待ちくださいと言うと、框に坐るように勧めて、主人に知らせるために急ぎ足で奥に入った。

ほどなくして奥から急ぎ足で着物の裾をさばく音が聞こえて、主人らしき男が現れた。

「長瀬さま、お待ちいたしておりました。てまえが姫路屋善兵衛でございます。ささ、どうぞ奥へお越しください」

中背のやや太り気味で丸顔、年は五十を過ぎている、商人として押し出しも効く恰幅の良さがあった。だが、心に悩みがあるのだろうか、眉間に深い皺が刻まれていて、眼つきもなんとなく落ち着きがないように見えた。

磨きぬかれた廊下を案内されて奥座敷に通された。

座敷の前には広縁があり、よく手入れされた庭が見える。雪見障子から見える庭には池もしつらえている。また立派な築山や石灯籠もあって、姫路屋の富の豊かさを感じさせる。

日射しが座敷まで射し込んでいるのだが、まだ三月である。部屋のなかは何となく薄ら寒い空気が満ちていた。

「こちらにひかえておりますのが、妻の嘉代でございます。どうかお見知りおきください」

善兵衛はまっ先に妻の嘉代を紹介した。まだ三十前半に思える若さと艶のある顔立ちだった。嘉代は善兵衛と同様に沈痛なおももちで新四郎に深く頭をさげた。

「長瀬さま、じつは娘のおふくのことでお願いがございましてな、年頃になりまして、良き婿をと思うておりました」

「ふむ……」

「ところが、ちかごろ、娘が拐かされそうなことがありまして、心配いたしております」

「拐かすとは、おだやかではない話だな」

外出中に不意に数人の男から連れ去られそうになったという。

「娘のおふくに訊ねても、相手の男のことはまったく知らぬ、存ぜぬの一点張りでしてな…」

「拐かそうとしたのは、どのような男だったのか？」

「おふくは、動転していたのか、よく覚えていないというばかりで、心配でならんのです」

「親御どのなら、心配なのは当然じゃ、それで…」

「どなたかに、おふくの身を護ってもらいたいと思いまして、日頃から取り引きのある桜田屋伝兵衛どのにご相談した次第でございます」

「ふむ、つまり、娘御の用心棒ということだな」

「長瀬さまの腕を見込んでのたってのお願いでございます。何卒お引き受けくだされ、お手当の方も考えております」

「いま娘御はどうしておられるのか？」

「そとに出さず、家のなかでおとなしくさせております」

「若い娘が、毎日家の中で過ごすというのも可愛そうだな」

善兵衛も嘉代も頷きながら顔をくもらせた。

「まだ犯人が誰か、皆目わからんようなら、それもやむを得んが、それがしが引き受ければ、いくらか娘御の気分も晴れよう」

「ぜひとも娘を護ってくださいませ」

「承知いたした、それがしにお任せあれ」

長瀬新四郎の言葉に安堵した夫婦は、控えていた娘のおふくを奥座敷に呼びよせた。まだ二十には手の届かない娘のおふくが現れた。

美しく丸髷（まるまげ）に髪を結い、縮緬（ちりめん）の振り袖を着たおふくは黒目がちの美しい瓜実（うりざね）顔をしていた。名前のようにふっくらとした躰つきをしている。

色白の頬が若さを引き立たせて、黒目がちな眼が物怖じしない光をたたえている。小さな唇がいっそう可愛らしさを感じさせる。

いわゆる箱入り娘とはちがった伸びやかな性格を感じさせる。

「おふくと申します」

畳に三つ指をついてつつましく挨拶をするとまっすぐに新四郎を見つめた。

その目つきからは、新四郎が心配したほどに心に悩みをいだいているようには見えなかった。

「それがしは長瀬新四郎と申すが、これから、そなたの身辺を護るという仕事をお引き受けしたところでな。もう心配はいらん」

「どうかよろしくお願いいたします」

自信に満ちた新四郎の一言を聞いて、それまで暗い表情だったおふくの顔が急に明るくなった。


新四郎は桜田屋伝兵衛から依頼された護衛の仕事が始まると、長らく世話になった西方寺から桜田屋の日雇い長屋に移り住むことにした。

「またいつでも、気軽に寺に立ち寄ってくれよ」

名残り惜しそうな浄円和尚の言葉に送られて寺を出た。

日雇い長屋に引っ越したその日から、まかないはおたきの世話になった。

独り身で自炊をしない新四郎にとって、朝夕のまかないは何よりも有り難い。

毎食に出される料理はとくにめだったご馳走はなかったが、調理場のおたきの味付けは、なかなかのものだった。麦飯に、イリコだしを取ったワカメ入りの味噌汁、にんじん、だいこんの煮しめ、塩加減のほどよく効いた高菜漬け。

ときには博多湾で獲れた鰯や鯵などの青魚の煮物が膳にのぼった。

日雇い長屋には、遠く豊後、豊前、中国地方から十人を超える男衆が出稼ぎに来ている。長い日雇いでひと月を過ぎる者もいる。お互いに励まし合い、肩を寄せ合ってくらしをたてている。

「新さん、今日も姫路屋ですか?」

まかないのおたきが親しみをこめて言った。

おたきは、夫を亡くした後、桜田屋に雇われた四十なかばの後家だ。よく働くので頼りになると伝兵衛から聞いていた。小柄な躰だが、こまめに働いているためか血色もよく愛想もいい。

「そうだ、姫路屋だ」

新四郎が姫路屋に行くのは毎日ではない。娘のおふくが稽古や寺社まいりなどで外に出る日はあらかじめ決めていた。

おふくが出かける日だけ、新四郎が用心のために付き添うことになっていた。

出かける日には、姫路屋から夕食が出されることがたびたびあったので、おたきは一応確かめたのだった。

「せいぜいご馳走になっておいでよ」

おたきは笑いながら言った。

働き過ぎて年齢より老けて見える。日雇い人たちのまかないを、独りでこなすだけあって性格も気丈である。

独り者の新四郎にとっては、母親にも似た心遣いがあって、家族の雰囲気を感じさせてくれる。

にぎやかな商店がつらなる博多上川端町から中州町を渡りきると、福岡藩の城域に入る。橋口町から鍛冶町、西名島町、呉服町、本町を過ぎると左手に福岡城が見えてくる。魚町、大工町から簀子町を過ぎると町奉行所屋敷になる。

新四郎が訪ねる姫路屋は、新町のさらに十丁ほど先の西方にある。その先は荒戸町になり、福岡城の鬼門にあたる。その高い台地は博多湾の海岸線に近接している。

山上に神社があり、東照大権現の神霊が祀られている。

上川端から新町まで早足で歩いても半刻（一時間）はかかる。

新四郎は姫路屋に着くと、あらかじめ善兵衛から預かっていた合い鍵で裏木戸の錠前を開けて屋敷に入った。

なるべく目立たぬように、つまり隠密裡におふくの身辺を護るためであった。

木戸から裏庭をぬけたところから手入れされた松の植わった築山に出る。そこをまわって池の端に来ると座敷が見えて、おふくが身支度をして坐って待っていた。

善兵衛も妻、嘉代の姿もなかった。

庭の広縁から座敷に上がり、出された湯茶で一服していると
「長瀬さま」

と言って、おふくがそばに来てささやくような低い声で言った。

「きょうは、いずこにまいられる？」

新四郎はおふくの顔を見つめて訊ねた。ひさしぶりに外出できるという嬉しさからであろう、うきうきと弾んだ気持ちが顔色を輝かせている。

「お茶のお稽古のあと、すこし街を歩いて買い物をして見たいの、いいでしょう？」

おふくは小首をかしげると、微笑しながら、甘えるように言った。

「心得た」

「よかった。嬉しい」

おふくの声が弾んだ。

「では、そろそろ参ろうか」

新四郎は立ち上がると大小を腰に差すと、おふくに外出をうながした。

善兵衛は、町の寄合で留守だと言った。いつの間にか善兵衛の妻の嘉代があいさつに出て来ると裏木戸口で二人を見送った。

茶の湯の師匠の家は町奉行所屋敷町にあった。町奉行所与力酒井達之助の妻理久が教授をしていた。月に二度は稽古に通うことになっている。

おふくの稽古の間、別室に通されて半刻（一時間）を過ごした。屋敷の庭は小さいが美しく掃き清められていて、茶人のわびさびの心が感じられた。

茶の湯の稽古が終わって出て来ると、おふくの顔が急に明るくなった。

茶の稽古に身を入れるほどの興味はないのだろう。家から外出するための口実として稽古に来ているのかも知れない。

だが新四郎はあえて、それを咎める気持ちはない。おふくのお陰で、重労働を伴わずに実入りのいいお手当がもらえるのである。

若い娘が行きたいところがあれば、どこへでも行かせてやろうと思っていた。

屋敷の外には心地よい風が吹いていた。三月下旬のおだやかな春の日射しが、おふくの顔を浮きたたせているように見えた。

「何かいいことでも、あったのかな」

おふくのすこし後方を歩きながら、新四郎はおふくに訊ねた。

「おわかりになりました」

おふくが振り返りながら言った。

「そなたのうきうきした気持ちが躰からあふれておる」

「長瀬さま、わたしの気持ちがよくわかりましたね。今日はお天気もよくて、久しぶりの外出でとても気分がよいのです」

毎日、美味いものを食べ、美しい衣装を着て、何の不自由もないように見える箱入り娘にも、それなりの悩みがあるのだと、新四郎はちらと思った。

荒津山から海を見たいというおふくの願いを受けて、荒津山に行くことにした。荒津山は海につき出た百尺あまりの高台になっている。見晴らしも良く、東部、南部を眺めると福岡城の城郭の偉容が美しく、遠くに肥前国との県境になる背振山脈も遠望できる。北部にあたる博多湾沿岸には立花山、奈多海岸から西戸崎、志賀島、眼前には能古之島が見える景勝地である。徳川家康公を祀る東照大権現神社に参拝して、高台のまわりをひとめぐりした。

「さあーて」

新四郎が後ろの竹藪をちらっとふりかえった時だった。黒い影が一瞬、竹藪に隠れたように思えた。

……つけられているな。

荒津山の山道の中腹あたりだった。まわりには人家はなかった。

……急いで屋敷に連れて帰ろう。

新四郎はおふくに恐怖心を与えないように、気遣いながら、

「きょうは、このくらいで屋敷に戻ろうではないか」

「もう、帰るの?」

不服そうな声で言うと、急におふくの顔がくもった。

……間違いなくあとをつけられている。

正体不明の者を確かめねばならぬが、それよりもおふくの身を護ることが一

番の役目である。

　ところが、荒津山の出口にさしかかったところで、いきなり数人の男たちが木陰から飛び出して二人の行く手を阻んだ。

　顔を見られぬように、みな覆面で顔を隠している。

「不届きもの！」

　新四郎は、すぐさまおふくを背中に庇いながら刀を掴んで身構えた。

　黒覆面の男たちは黙ったまま、敏捷（びんしょう）な動きで新四郎との間合いを詰めて来た。

　新四郎は刀の鯉口（こいくち）を切った。その時、間をおかず一人が斬り込んできた。

　鋭い太刀筋を抜き合わせると新四郎は賊の刀をはね上げた。

　新四郎にとっては、真剣を抜きあわせて、相手と対峙（たいじ）したのは初めてであった。だが、意外と相手の動きが分かり、平静が保てた。

　柿崎道場で稽古を始めていたことが軽い身のこなしに役立っていた。

　二合、三合と斬り込んできた刀を捌（さば）いた。

今度は新四郎が踏み込んで攻撃に移りかけたときだった。下の鳥居の方から争いを見ていたのか、斬り合いじゃーという人々の大きな叫び声があがった。

するど申し合わせたように、三人は顔を見あわせると頷いて素早く間合いを解くと、くるりと新四郎に背を向けると走り去った。

さいわいにおふくには怪我はなく、新四郎も無事だった。

「おふくさん、もう大丈夫だ」

恐怖で震えているおふくを抱きかかえるようにして姫路屋につれ帰った。

剣筋から見ても、また三人の息の合った攻撃ぶりからも、ヤクザや浪人たちではなかった。

なぜ襲ってきたのか、目的や理由がわからぬが、姫路屋と娘のおふくにかかわることだけは慥（たし）かである。

真剣を抜いて対峙するような危険な用心棒は、そうめったにあるものではない。

新四郎はさらに気を引き締めねばなるまいと思った。

今日の明るい日射しの中で楽しい気分を味わっていたのだが、突然に不安な気分を味わったことで、色あせてしまった。

「善兵衛どの、聞きにくいことを敢えて申すようだが、姫路屋の商いで、何か人に恨みを持たれるような取り引きはござらんか？」

「はて、急にそう申されましても、どうも思い当たる節がございませんが……」

姫路屋、善兵衛は座敷の天井を見上げると、腕組みをしながら頭をひねった。

いつもの笑顔が消えて、深く皺が刻まれた顔は、深刻な気持ちが表れている。

娘のおふくが拐かされずにすんだことで、ひとまず安堵はしているが、事件が解決したわけではないので表情は暗かった。

「そなた、もしかして福岡藩にかかわるような秘密の商いをしておらぬか？」

「えっ、めっそうもないことを申されますな。決してそのようなことはございません」

善兵衛はあわてて手を振ると、はげしく首を振って左右を見回した。堅い表情がさらに青ざめたように見えた。

「いや、失礼なことを申した。念のためにそなたの口から直接に聞いて確かめておきたかったのじゃ」

「長瀬さま、なぜそのように思われたのですか。てまえにその理由をお聞かせくださいませぬか」

少し腹を立てたような怒りのこもった顔つきで言った。

「おふくさんを襲った者たちの動きから、場当たりで襲って来たとは到底思えんのじゃ。何か目的を持って襲って来たに違いないと直感したのじゃが」

「賊は何かはっきりした目的を持っていたとは、はて?」

「三人の剣筋もみな立っていた。ヤクザなどが遣う棒ふりまがいの粗雑なものではなかった」

「すると、襲って来たのはおさむらいだったと…」

「みな覆面をしていた。黒装束で身を固めておった。今日の我らの外出を知っていての犯行に間違いない」

「おふくさんを奪うからには、きっと何かの理由があると思うたのじゃ。そう考えると、襲われた理由の手がかりが見つかるやも知れぬと思うたのじゃが」

「はて……」

善兵衛はうかぬ顔つきで考えていたが、皆目わかりませんと言い切った。

……こりぁ、かなり長引きそうだな。

新四郎は自分を襲った賊の動きを脳裡に焼き付けていた。

あわせて姫路屋についても、桜田屋の伝兵衛に訊ねてみれば、何か糸口が見つかるかも知れないと思った。

今夜は、他に用件があると言って、食べて帰る予定だった夕飯も遠慮して、姫路屋を後にした。悠長に夕飯を馳走になって帰る気持ちになれなかった。

さいわいに人々が斬り合いだと騒いでくれたお陰で、おふくの身を護ることができた。しかし、相手が三人、四人と増えれば護ることは容易ではない。

これからは、何時、いかなる時でも、わけのわからぬ敵と対峙しなければなるまい。

すぐに何らかの対策を講じる必要がある。

新四郎は、まかないの、おたきが炊いた夕飯の残りがまだあることを願いつつ、日雇い長屋に帰るのを急いでいた。


五月の薫風（くんぷう）が博多紺屋町界隈に気持ちよく吹き渡っていた。町内では染物屋が多く営業している。そのあい間には古着屋が軒をつらねている。

また醤油屋もうまい醤油が醸造されていて界隈は賑やかである。

紺屋町は中掘の南に位置し、薬院門より紺屋町を経て平尾方面にぬける幹線道路が通っている。

柿崎道場はそういった賑やかな町の中の米蔵を改装して作られていた。

道場の前は人通りが多いことも門人を呼び込むための重要な立地条件である。

その柿崎道場を久しぶりに訪ねてみると、梶谷早苗が凛々しい姿で、新しく入門した娘たち数人に稽古をつけていた。

すっかり道場の師範代としての風格も貫禄もそなわっている。

娘たちが門人として加わったことで、柿崎道場も以前より華やいだ雰囲気や香りが感じられた。

「早苗どの、元気に頑張っておられて、まことに頼もしい」

「長瀬さまのお陰です。お手当を頂きながら剣の修業ができるとは、思いもしないことでした」

「いや、そなたは師範代としての天分があるようだ。日も浅いのに若い娘御が入門している。驚いたな…」

女弟子たちは、稽古をやめて新四郎と早苗を興味深げに見ている。

「ごあいさつなさい。当道場の師範代もされている長瀬新四郎先生です」

「よろしくお願いします」

女弟子たちの元気な声が道場内に響いた。

新四郎は黙って会釈すると、大きく頷いた。

早苗の稽古を邪魔しないように、話を切り上げると柿崎半衛門の部屋を訪ねた。

半衛門は庭に出て盆栽に鋏を入れていた。

盆栽に入れる鋏を止めた半衛門は、上機嫌の笑顔で新四郎を迎えた。

「よう来たな」

「ご無沙汰致しております」

「そなたも仕事があれば、道場から足が遠のくのは当然じゃ、心配はいらぬ」

「早苗どのが、よう頑張っておられますな」

「その通りじゃ、娘御が女弟子として入門してくれてな。心強いかぎりじゃ。

そなたも時には道場に顔を見せて、門人を鍛えてくれんか」

「柿崎先生、それがしもそのつもりです。しかし、今は手が離せぬ仕事を請け負っておるところです」

「その顔つきでは、何か困っておるようじゃのう」

新四郎の顔つきを見て、半衛門は言った。

「それは、軽々しく人には言えぬことだな」

「わかりますか？」

「そなたの顔をみれば、一目瞭然じゃ。話せることだけ話せばよかろう」

「それがし、新町の姫路屋善兵衛からの依頼を受けて、愛娘おふくの用心棒をやっております」

「ほほう、用心棒とは、そなたにうってつけではないか」

「ところが、荒津山の東照大権現神社を参拝しての帰路、姫路屋に恨みを持つ何者かが襲って来ました。刀を抜いてどうにか撃退することができました」

「…………」

「姫路屋に訊ねても、頑として襲った輩にはまったく心当たりはないとのことで、どうしたものかと思案しているところです」

「何者か、まったくわからんのか？」

「それがしを襲った者たちは、もしや忍びの心得のある者たちではと思う節がございます」

「忍びだと？　だとすればだ、それはおだやかではないな」

「躰のこなし、剣さばき、間合いの取り方、互いに連携しながら攻めて来るのを見るかぎり、ヤクザなどではありません。厳しい訓練を受けた者たちと思われました」

「忍びとなると、やっかいだな。他国の忍びが当藩内で暗躍しているのが事実なら、藩の一大事だ」

「それがしは、すでに藩士を辞した一介の素浪人ですから、あまり関わりたくないところです」

「もしもだ、当藩の忍びとなれば、善兵衛は、おぬしにも言えない秘事に関わっているということになる」

半衛門は渋い顔をして新四郎の顔を覗き込んで言った。

「あまり、深入りせんことだな」

しかし、このまま放置できる話ではない。

「実は、早苗どのに手助けしてもらえないかと思ってうかがった次第です。先生、ご承知ねがえませんか?」

「そなたも道場を覗いて見た通りじゃ。女弟子が入門したばかりじゃ。毎日というわけにはいかん。しかし、そなたも困っておるようじゃから、むげに断るわけにもいかんな…」

「ぜひともお願いできませぬか?」

「ふむ、わかった、早苗が了解するなら稽古の合間に手伝ってもらうがよい。

しかし、無理はいかんぞ」

と、半衛門は念を押すように付け加えた。

もしも藩の忍びが絡んでおれば、まさしく身命にかかわることに介入したことになる。それは新四郎にとっても十分過ぎるほどに分かっていた。

荒津山の中腹で賊から襲われるという事件があって、おふくの外出は取りやめとなった。毎月二回、かよっていた茶の湯の稽古もしばらく休むことにした。

姫路屋の屋敷からの外出は控えたものの、どのようなかたちで襲ってくるかも知れないというおそれから、新四郎はほとんど毎日、日雇い長屋から姫路屋まで日参していた。

柿崎半衛門の許しを得て、剣術の指導の合間に、新四郎は早苗を姫路屋に伴った。いついかなる事態に遭遇するかもわからぬ前に、早苗を善兵衛に紹介しておくことで、臨機応変に対応するためであった。

善兵衛と妻の嘉代、そして娘のおふくにも引きあわせた。

一方では、桜田屋伝兵衛から姫路屋の商いの状況について内々に調べてもらっていた。

「ほかならぬ長瀬さまの頼みなら、調べてみましょう」

桜田屋は三代にわたって旅人問屋を経営している。その屋台骨である口入れ稼業のための陰の情報網を持っているに違いないと新四郎は踏んだのである。

数日経って、伝兵衛から連絡があった。

「藩の忍びが絡むのであれば、それなりのわけがありそうです。危うい仕事も陰でやっているという噂もあちこちで耳にしました」

「危うい仕事とは、いったい?」

「大きな声では申せませんが、密貿易が秘かになされているとか」

「密貿易とは、またおだやかではない話だな」

「その通りです。伊藤小左衛門のような厳罰な処罰があっても、まだ跡を絶たぬようです」

「商いとはそんなものか？」

「商いは旨味が大きければ大きいほど、危険を侵してでも、大きな賭に手を染めてしまうのでしょうな」

博多の豪商であった伊藤小左衛門の事件は今も語りつがれている。

二代目小左衛門は鎖国令に反して、朝鮮に武器を密輸した事件を起こし、一家断絶、長崎で磔（はりつけ）となり、息子の市三郎は長崎で斬首、甚十郎は博多で斬首の刑を受けた。

福岡藩を陰で支えた指折りの御用商人も、このような厳罰処分を受けている。

「藩の忍びであれば、暴きたてて、事件を大きくすることもなかろう。すると、やはり公儀か天領からの忍びも考えられる」

「長瀬さま、くれぐれもご用心なさることですぞ」

伝兵衛から姫路屋のおおよその内情を聞くことができたことで、新四郎にはある考えが浮かんだ。

このまま、手をこまねいているだけでは解決はほど遠い。

危険な賭であるが、相手をおびき出すためにやむを得ない秘策を考えついた。

夜陰にまぎれて姫路屋からおふくに似せた早苗を伴って外出し、あえて賊に襲わせて、賊を捕らえようという作戦であった。

「早苗どの、これはかなり危うい仕事だが、そなたの力を貸してくれぬか。おふくを襲った相手の正体を何としても突き止めたいのじゃ」

事件までのいきさつをくわしく話して、早苗に協力を求めた。

「わかりました」

黙って聞いていた早苗は、さしたる恐怖心も感じていないかのように、新四郎の願いをすんなりと受け止めた。

「ほんとうに、大丈夫でござるか？」

かえって新四郎が心配するほど平然としていた。

「ええ、長瀬さまと立ち合ってから、いささか剣の修業も積んだつもりです」

日々、精進して剣技にも自信を深めている顔つきだった。

「かたじけない。それがしも早苗どのの身を護るから案ずることはござらん。賊をおびき出すのに、この策しか思いつかんのでな」

「よろしいではありませんか。虎穴に入らずんば虎児を得ずと申します。思い切っておやりください」

「かたじけない、早苗どの、よろしく頼む」

新四郎は真顔になって早苗に深く頭を下げた。


新四郎と姫路屋の娘おふくに扮した早苗が、姫路屋の裏木戸から出たのは、夜の四つ刻（午後十時）だった。

その夜は十三夜の月明かりがあった。

早苗はおふくと背丈と体格までよく似ていた。

おふくの髪型に結い上げて振り袖を着ると、遠目にはまったく見分けがつかなかった。

「よう、似合っておる」

新四郎が緊張をほぐすように言って笑った。早苗は危うい外出になるかも知れないのを怖れている様子もない。年頃の娘なのに今まで着ることもなかった上等の振り袖を着て内心、華やいだ気分になっているようにも見えた。

「今夜、現れるでしょうか」

「賊がどこかで娘の外出の機会を狙って見張っているなら、必ず今夜、襲って来るに違いない」

早苗もふところに懐剣をしのばせていた。

相手が忍びの者であれば、急襲してくるのが常套(じょうとう)であろう。

長瀬新四郎はいつでも素早く剣が抜けるように、大刀の柄に手をかけていた。

新町から賊を尾引き出すために月明かりの中を荒戸浜に沿って歩いた。

博多湾から海岸に打ち寄せる波の音が旋律のように聞こえていた。

歩きはじめて四半刻を過ぎた頃だった。

打ちよせる波の音にまじって三方からサクサクと砂を踏んで駈けてくる足音が聞こえてきた。

「早苗どの、用心されよ」

「はい！」

二人は背中を合わせて三方を凝視した。二間近くまでせまった足音はぴたりと止まった。黒装束、黒覆面の三人は沈黙したまま、すばやく刀を抜いた。

「おぬし等は、いったい何者だ、われらの命を狙う目的は何だ！」

新四郎は正面にいる賊に向かって叫んだ。

「その娘をよこせ、おとなしく引き渡せば命は取らぬ。むざと斬られて死ぬこともあるまい」

かすれて低い押し殺したような男の声だった。

「おぬし等の目的は何だ。命は取らぬとは、いったいどういうことだ。わけを言え」

「娘をおとなしく引き渡せば、そなたの命は助けて見逃してやろうということよ。あえて無駄死にすることもあるまい」

「断る！」

新四郎ははげしい口調で拒絶した。

賊の一人が問答無用と声を抑えて言うと、大刀を大きく振り上げて攻撃の構えを見せた。

もはやわけを話す意志はないことが窺えた。

このまま早苗が賊の手に渡れば替え玉だと見破られてしまう。

連れ去られてたちまち賊に陵辱されるか、ついには斬り殺されるに違いない。

……この計画は甘かった。

という思いが電光のように脳裡をかすめた。

新四郎の躰に緊張が走った。

是が非でも早苗の身を護らねばならぬという必死の意識が湧いていた。

たちまち激しい闘いが始まった。

早苗は振袖を引きちぎると懐剣を抜いて構えた。早苗は亡父から小太刀の遣い方を習っていたと聞いてはいたが、身構えた身のこなしと構えに非凡な剣技が汲み取れた。

砂浜は凹凸のために足元が不安定だった。波打ちぎわはさいわいに砂地が硬い。新四郎は波打ちぎわを背面にして二人と対峙した。

賊の一人が鋭い突きを入れて来た。かろうじて剣を跳ね上げて避けながら逆袈裟に斬り上げた。手応えがあった。

脾腹（ひばら）を斬り裂かれた賊は崩れるように倒れた。

早苗は受け太刀になりながらも懸命に一人の賊と闘っていた。

その時だった。

呼子の笛を鳴らしながら闇の中から数人が駈けて来るのがわかった。

近づく提灯が激しく揺れているのが見えた。

彼等が携える提灯は藩の御用提灯だった。

博多湾の沿岸を警備する武士の一団だった。

賊の二人は新四郎に斬られた一人を残したまま走り去った。

「早苗どの、大丈夫か？」

健気に闘っていた早苗は腕に切り傷を負っていたが、幸いにも出血を急いで止めなければならぬほどの深手ではなかった。

荒戸沿岸を警備する隊員が駆けつけて来たお陰で、かろうじて窮地を脱することができた。

新四郎は斬り倒した賊の男に向かって叫んだ。

「そなたは、何者だ、名をいえ！」

だが、一言も発することなく息が絶えた。

奉行所役人が来て死体を検分した。が、身元が明らかになるものは何一つ所持しておらず、着衣や身のこなしから判断して、忍びの者ではないかと思われた。

沿岸警備の隊員の中に新四郎と顔見知りの無足組の高地玄之助がいたことが幸いだった。奉行所から事情を聞かれたうえで、ひとまず帰宅が許された。

早苗が身代わりになって敵をおびき寄せる作戦だったのだが、大きな成果はもたらさなかった。

ただ一つ言えることは、姫路屋のおふくを殺害するのが目的ではないことが明らかになった。

娘をおとりにして姫路屋に多大な何かを要求する狙いがあることが、おぼろげながら浮かび上がったのである。

早苗は母親とともに筥崎八幡宮の門前町の一角にある小さな長屋に住んでい

ると柿崎半衛門から聞いていた。以前、半衛門から教えてもらったことのある早苗の住まいを訪ねることにした。

姫路屋のおふくの身代わりとして、忍びの者らしい賊に襲われて負傷した、早苗を見舞いに行くのに躊躇はなかった。

筥崎宮に通じる門前町の大道は土産物を売る商家や茶店や人家が張り付いて賑わいを見せている。

呉服町から蓮池町、千代町、馬出町と続く大道を通り抜けてようやく門前町に着いた。

まず、町の世話人を訪ねた。そして世話人から早苗の住む借家を聞き出して訪いを入れた。

「はい、ただいま」

と奥から声がして、玄関の戸が開いた。

涼しげな浴衣姿の早苗は新四郎の突然の訪問にとまどっていた。

「まあ、長瀬さま」

驚きを隠しきれず吃驚（きっきょう）した様子で眼を見開いた早苗は、顔を赤くして恥じらいを見せた。刀傷を受けた右腕にはまだ白い包帯を巻いている。

「このたびは早苗どのに怪我をさせてしまい、誠に申し訳ないことでござった。今日は見舞いに伺ったのだが、その後、傷の方はいかがでござるか？」

「ええ、すっかり傷も癒えました」

早苗は白い包帯を見つめながらもう大丈夫ですと言った。

新四郎の自分を気遣う気持ちが嬉しいのか、早苗は、狭い家ですが、どうぞお入りください、と言いながら奥の部屋に案内した。

新四郎の日雇い長屋の部屋とはことなり、狭いながらも部屋の中は片づいてすっきりしていた。台所も調理用具が調って、日々、自宅で炊事をこなしている雰囲気だった。

奥といっても、たったの二間しかなかった。部屋に入ると薬湯の匂いがした。

煎じ薬を使っているらしい。

奥の部屋には母親が床に臥せっていた。

早苗は床に寝ていた母親をゆっくりと抱き起こすとやさしい声で言った。

「母上、柿崎道場の師範代をなさっておられる長瀬新四郎さまが、わたしの怪我の見舞いに来てくださいました」

「母の梢江と申します。いつもふつつかな娘がお世話になっています」

早苗に助けられて身を起こした梢江が新四郎を見つめて幾度も礼を言った。

母親は早苗によく似た顔立ちをしているが、病身で白髪の混じる痩せた躰つきだ。

「長瀬新四郎です。お見知りおきください。早苗どのにはこの度、それがしの仕事の手助けをいただき有り難く思っています」

「娘の早苗があなた様のお仕事のお役にたってようございました」

梢江は青白い顔に微笑を浮かべて満足そうに言った。

亡き夫が剣の道を歩んだと早苗から聞いていたが、母親梢江の律儀な物言いから武芸をたしなんだ家柄を想像することができた。

五十なかばだろうか、痩せた肩と顔つきが、長い患いを物語っている。娘を思う慈愛のこもったやさしいまなざしだった。

「早苗どのは、柿崎道場の師範代として、立派に勤めておりますぞ。一日も早い快復を願っております」

新四郎からのねぎらいの言葉を聞くと、梢江はさも満足したように何度も頷いた。

長居しては早苗の母親を疲れさせると、新四郎は見舞いの菓子折を早苗に手渡すと座を立った。

本当はもっと、居坐って早苗と話がしたいという居心地の良さがあった。

「わざわざのお見舞い、ありがとうございました」

殊勝に早苗が玄関先まで出て見送った。

　夕靄が筥崎宮の門前町に立ち籠めはじめていた。

　博多川端町は七月を迎えて、博多祇園祭りが本格的に始まっていた。

　威勢のよい祇園の追い山笠の準備がすすみ、各町内は流れごとに飾り山笠とは別に追い山笠が組み立てられている。博多商人町の男衆は仕事を休んで祇園山笠に熱中していた。その裏方として御寮さんや若い娘子が飯を炊いて料理を作ったり、勢い水で濡れた法被や締め込みの洗濯などの内助の仕事にあたっている。

　旅人問屋は、山笠の時期が近づくと、毎年、豊前や豊後からも山笠の舁き手を日雇いで雇っていた。

　博多祇園山笠は桜田屋伝兵衛の旅人問屋からほど近い、博多の総鎮守として知られる櫛田神社に伝わる七百年もの伝統ある祭りなのだ。

「新四郎さま、舁き山に出なさらんか」

伝兵衛に勧められたが、まだ武士の気分が抜けきらない新四郎は、

「いずれは山笠を舁つがんといかんな」

そう言って辞退すると苦笑いした。

いつまでも武士の矜持(きょうじ)を意識していることに内心とまどった。博多町人の中になじみきれずにいることが意外であった。

七月十五日の追い山が近づくにつれて、旅人問屋は日雇いの男衆ですし詰めのようになってあふれていた。

桜田屋に雇われて祭りに出向いて来る者は、いなせな若者たちで、町人と農民から商人、さらに浪人とさまざまだった。

毎年、祇園祭りに駆けつける常連の日雇い衆が多かった。

祭りの間は、新四郎は日雇い長屋を明け渡して西方寺の浄円和尚のところに居候となった。

「久しゅう会わん間に、すっかり浪人ぶりが板についたようじゃのう」

白い髭を撫でながら浄円和尚が言った。嬉しそうに前歯の抜けた口をもぐもぐさせた。

七十を過ぎた浄円和尚には、いまだ独り身の新四郎のことが気になるようだ。

「新さん、おひさしぶりですね」

寺でまかないをしているおすぎ婆さんが、井戸端で洗濯の手を止めて笑顔で言った。

「祇園山笠が終わるまでは、しばらくやっかいになります」

西方寺は寺町から離れた場所にあるのだが、境内の敷地は広くはない。その敷地の中央に本堂があり、寺門をくぐった左側にこじんまりとした鐘楼（しょうろう）がある。その反対側に居住できる一棟が建っている。長い廊下で本堂とつながっている。本堂の左隣りには、寺の経文や書籍を収めた別の一棟がある。新四郎はその棟を借りて寝起きしている。

西方寺にいる間に、町奉行所を訪ねた。荒津の浜で新四郎が倒した男の身元を、与力や同心が探索したが、ついに何の手がかりもないまま月日が過ぎていた。

手がかりがまったく掴めないことも不思議といえば不思議なことであった。

新四郎が姫路屋に用心棒を頼まれてから三ケ月が過ぎていた。

何ごとも起こらず、手持ち無沙汰で手当てをもらうのも案外に気を遣うものだ。

「あれから何ごとも起こらず過ぎている。このままでは躰がなまるので柿崎道場にて稽古に励みたい。曲者の気配を少しでも感じたら使いを寄越されよ。ただちに参るので案ずることはない」

善兵衛も、商人の打算も働いて新四郎の提案に頷いた。

「あれから本当に何ごとも起こりませぬな」

姫路屋は、賊の一人が倒されたことで、企みを断念したのかも知れないと言った。しかし新四郎は、再び襲ってくるに違いないという思いが胸のうちに蟠(わだかま)っていた。

謎の男達が発する気迫から、単なる物盗りとは思えない。別の狙いがあるように思えた。危険は承知のうえで隙を見せて敵をおびき寄せなければ、新たな情報が得られないのではないかと思っていた。

「相手が動かねば、打つ手がない。しかし用心に越したことはない。それがしが此所に居続けることで、賊の動きが止まっておるのかも知れぬな」

姫路屋の善兵衛も新四郎の意見に素直に応じた。

「新四郎さま、いつでもお顔を見せてくださいませ。そばにいないと寂しくなります」

おふくが泣きそうな顔つきで懇願した。

数ケ月も用心棒をするとしだいに男女の情も移ってくる。おふくの乙女心がわからぬ新四郎でもない。

「おふくさん、困ったことがあったら、すぐに飛んで来る。だから安ずることはない」

「はい、いまは新四郎さまが頼りです」

「しかし、なるべく外出はひかえることだな。それがしも調べておるが、まだ賊の正体がわからん。決して油断は禁物だぞ」

「事件が片づくまで、用心しています」

箱入り娘をいつまでも屋敷に留めておくことを考えると、可愛そうなことだという思いが脳裡をかすめた。

ふと、新四郎の胸に疑惑がふたたび湧き上がってきた。

桜田屋伝兵衛は姫路屋の内情をよく知っているに違いない。

しかし、祇園祭りが終わるまで多忙な伝兵衛とは、じっくりと話もできまい。

その追い山も終盤を迎えようとしている。

博多祇園山笠を飾るのは七月十五日、夜の明けきれぬ早朝に行われる神事の追い山である。数千人もの舁き手がうちそろう。

櫛田神社の境内に設けられた「清道」から由縁の寺を巡りながら須崎町までの町内を一気に駆け抜ける勇壮極まりない祭りである。

各町内の流れは博多商人の心意気と勇壮さを競いながら長丁場だった祭りを締めくくるのである。

伝兵衛は川端流れの総元締めとして祭りのいっさいを取り仕切る。中には酒を呑んで暴れる荒くれ者もいて殴る蹴るの喧嘩や狼藉を働く者もいる。

そうした事件は町奉行に訴えるのではなく、町内の年寄り衆が穏便に取り仕切るしきたりである。祭りが終われば、荒々しい追い山を演じた山笠はただちに解体されていた。

そしてまた博多の町に静寂が戻りつつあった。

新四郎は桜田屋を訪ねていた。

長丁場の博多祇園祭りを無事にやり終えたという安堵感が伝兵衛の顔つきに表れている。血色のよい顔がほころんでいる。

「伝兵衛どの、ご苦労でござったな。無事に祭りを終えて安堵されておられるところ、まことに済まないが、少し教えてもらえまいか」

「はて、何をお訊ねで？」

「そなたが口を聞いてくれた新町の姫路屋のことだ」

「して、姫路屋の何を？」

「どうも解せぬのは、何か商売に裏があるのではないかと思えてならんのじゃ」

「また、裏の商売とはいったい…」

伝兵衛の笑顔が消えて真顔になった。

新四郎は用心棒になってからのいきさつを話した。とくに荒津浜で賊に遭遇した当時の有様を詳しく話した。

「それがしを襲って来たのは、その挙動から間違いなく忍びの者に思われてならんのじゃ。だとすれば、忍びに嗅ぎつかれる何かをやっているのではないかと勘ぐりたくもなる」

「なるほど、裏の商いですか？」

「善兵衛にはおふくというひとり娘がいるが、別に不審な男の影も見当たらぬ。やはり善兵衛のことが知りたくなる。どうだろう。それがしに力を貸してくれぬか？」

新四郎は姫路屋の用心棒として一応のカタをつけるには、姫路屋の内情をもっと詳しく知りたいと付け加えた。

伝兵衛はしばらく熟慮した後、

「わかりました。お力になれるかどうかお約束はできませぬが、もう少し調べてみましょう」

「かたじけない」

桜田屋の日雇いの口入れ稼業は信用をともなう仲介業である。日雇い人を依頼者に斡旋するには、身元のしっかりした者であることが重要である。

つまりは日雇い長屋に滞在できるだけでも伝兵衛の眼鏡にかなった雇い人ということになる。また依頼を受けるにも、闇雲に何でも引き受けるというわけでもなかった。

長い間、旅人問屋に蓄積された、さまざまな記録が保存されている。それは門外不出のものであった。

博多祇園山笠が終わって数日が経っていた。

七月も下旬に入ろうとする日、夏の日射しが西方寺の境内を明るく照らしている。珍しく心地よい風が吹いて木々の緑葉を戦がせている。

西方寺でのんびり過ごしている新四郎に桜田屋伝兵衛からの使いが来た。

新四郎は急いで桜田屋に駆けつけた。

「長瀬さま、姫路屋のことを調べておりましたら、意外なことがわかりました」

「さようか、して意外なこととは…」

「姫路屋の妻は後妻とわかりました。娘おふくの母親はおふくが幼い頃に離縁されたようでして、今も行方はわかりません」

最初に姫路屋の座敷で挨拶をかわした妻、嘉代の容貌の若さを感じていた。なるほどと合点がいった。艶めかしい容貌だった。そういえば、おふくの態度から、母親にしてはよそよそしいところがあった。伝兵衛の話を聞いて、なるほどとうなずけるところがあった。

「それが、今度の拐かしに関わるのではないかということかな」

「まだわかりません。娘のおふくが拐かされそうになったことに結びつくか、そのあたりは長瀬さまがじかにお調べください」

「姫路屋の商いのことについてだが、何かわかったことはござらんか」

「姫路屋は塩を商いにして、姫路と博多の間を船で往来させて各国の産物を持ち帰り売買しております。今のところ目立って不審なことは見当たりません」

「商売の持ち船を持っておるとは、かなりの羽振りだな」

「二はいを持ち、それぞれ四百石積みの荷船だそうです」

「博多湾から玄海灘に出れば、近くは朝鮮国だし、西国の肥前平戸などでは密貿易が秘かに行われているという噂もある。そのあたりは予想できぬか」

福岡藩の御用商人であった伊藤小左衛門が密貿易の罪で厳罰を受けて磔刑となり、一族が死罪、全財産の没収となった大事件は博多商人にとって記憶に新しいことだった。当時、密貿易は小左衛門のみならずかなり公然と行われていた。その習慣が事件摘発後も続いていることは、博多商人の間でささやかれているところである。商人の間で朝鮮ニンジンなどのご禁制の品が秘かに裏取り引きされている。

その取り引きに忍びの者がからんでおれば、姫路屋が狙われた理由と言えないこともない。

「慥かな証拠はないが、荷船を持っているなら、そのような危うい商売をしていると考えられないことでもないな」

だが、善兵衛の風貌からは、裏で密貿易をやるような大胆さを持ち合わせているか否か窺い知ることはできない。

しかし、人は表面だけでは解らぬものである。姫路屋がそれをなかば公然とやれるとなれば、藩で権力を握る上家士と繋がっておらねばならぬ。

「なかなか簡単にはゆかぬということだな」

新四郎は伝兵衛の顔を見つめながら、姫路屋の一件で世話をかけたと礼を言った。

「もう祭りの後片付けも終わりました。長い間、日雇い長屋に泊まっていた男衆もそれぞれの国元に帰りました。長瀬さまも戻って来てはいかがですか?」

「そうか、それは有り難い。寺の精進料理ばかりでは力が出んからな」

日雇い長屋では、毎日、食膳に上がるもので贅沢な品はない。

野菜の煮付けや雑魚の煮物や干物だが、手作りの味噌汁が美味い。まかないのおたきの腕が良いのだ。それが明日から喰えるかと思うと急に空腹を覚えて腹が鳴った。

日雇い長屋に戻って来ると、二人の男が言い争っている。正確にいえば独りが一方的にまくしたてている。

一人は背が高く髭面の浪人風の二本差しの武士、もう一人は法被を着た三十代の職人だった。

職人は大工の弥助だった。

弥助は日雇い長屋では新四郎によく話しかけてきた。ききくな男だ。だがなぜか浪人に楯突いている感じだ。

……このままだと弥助は殴られるぞ。

新四郎は仲裁に入ろうとしたが、浪人の様子を見て思いとどまった。

浪人は顔を突きだして弥助の顔を睨みつけていたが、両手を腕組みして怒る気持ちを懸命に抑えていることが窺えた。

「この長屋でしばらく住もうという了見なら、わし等にあいさつくらいあってよかろうが、さむれえと言っても浪人じゃねえか。職人を馬鹿にするねえ」

腹にすえかねたのか、啖呵（たんか）をきって同じ事を何度もくりかえして言った。

「弥助、もうよいではないか」

弥助は新四郎の声を聞いて振り返った。怒り心頭といった顔つきでこめかみに青筋を立てている。

「長瀬の旦那、このご浪人は今からこの長屋に住もうとなさる方とも思えぬ無遠慮な振る舞いが気にくわねえんだ」

「わかった、弥助の言い分もわかった。もうそのくらいで仲直りしてはどうか」

新四郎は四十なかばと思われる髭面の浪人を見た。浪人暮らしが身についたような見すぼらしさだ。紋付きも垢がついてよれよれの袴が土ほこりにまみれている。

背中に旅人の行李を負っているところを見れば、博多に着いたばかりのようだ。

「いやお見苦しいところをお見せ申した。それがしは豊後で仕官を解かれましてな、人づてに桜田屋を頼って参ったものです」

「拙者は、長瀬新四郎と申して、貴殿と同じ浪人でござれば、以後、よろしく願いたい」

「いや名乗るのが遅れ申した。拙者は牧野又五郎と申します。生国は豊後、佐伯の産でござる。以後、どうかご昵懇(じっこん)くだされ」

新四郎はやや口元をゆるめながら弥助を見た。

「弥助、牧野どのじゃ、今夜から同じ長屋に住んで顔をつきあわせることになる」

新四郎の仲裁で牧野は硬い表情をゆるめた。他国に来て、人に侮られてはならぬという気負いが、かえって弥助の気持ちをそこねたようだ。

その夜、酒を買って来た新四郎は、又五郎と弥助を部屋に呼んだ。

呑むほどに又五郎と弥助はいつしか口喧嘩をしたこともケロリと忘れてい

た。


又五郎は新四郎と同様に酒好きだった。

まかないのおたきが気をきかせて床漬けを皿に盛って出してくれた。

「冷や酒には、この漬物がこたえられん味じゃ」

弥助が親指と人差し指で漬物をつまむと口に放り込んで、ぐいと酒を呑んだ。

「牧野どの、この長屋のまかないをしている、おたきの料理は飽きが来ん。

さて、そなたは桜田屋に何を頼まれたのでござるか？」

「いや豊後佐伯に家族を残しての職探しでござるによって、職をあれこれ選べる立場ではござらん。当分、給金がもらえるならば、身を惜しまずやる覚悟でまいった次第でござる」

「もう仕官をする気持ちはござらんのか」

「やあー仕官は無理じゃや。とくに得意な技を身に付けているわけでなし。四十を過ぎての仕官はとうに諦めておる」

「それがしは当藩の武士でござったが、一年前に致仕して、今は浪人をしておってな、おぬしと境遇は一緒でござる」

新四郎は弥助を指さして言った。

「その点では、弥助は大工職人だ。食いはぐれることはない。なあ、そうであろう」

「長瀬の旦那、この腕を見せるときがきっとあるから楽しみに待っててておくんなさい」

酒で赤ら顔になった弥助はいつしか陽気になっていた。

一刻（二時間）が過ぎて酒徳利二本が空になったときが潮時だった。

牧野又五郎も安堵した顔つきで自分の部屋に戻っていった。

日雇い長屋の夏の夜は、蚊遣火が焚かれて開け放たれた窓から夜風が吹き込んでいる。廊下に架けた風鈴は中洲から吹いてくる夜風を受けて軽やかな音色を響かせている。

新四郎は謎の多い姫路屋のことを思いつつ、いつしか酔いがまわって眠りについていた。

新四郎は蚊遣火(かやりび)を焚き浴衣がけで気楽に過ごす日雇い長屋の暮らしがすっかり躰に馴染んでいた。まかないのおたきの作る手料理も悪くはないが、たまには西方寺の精進料理も食べたくなっていた。

豊後佐伯から旅人問屋を訪ねて来た牧野又五郎は、口喧嘩の仲裁をしてくれた新四郎に親しみを感じたらしく、折があれば新四郎の部屋を覗いていた。

用心棒をするほどの腕はないと謙遜していたが、柿崎道場に伴ったところ、なかなかの剣の遣い手だった。

それだけの技倆を持ちながら弥助と口喧嘩になった時も刀の柄に手をかけなかったことからも、又五郎の我慢強さを知ることができた。

妻子を郷里に残しての出稼ぎだから、仕事は給金の高いところを選んでいた。

「牧野さまは、きつい仕事でも文句を言わぬお方だ」

桜田屋伝兵衛はやみくもに仕事を押しつけたりはしない。長い経験に基づく仕事の内容と力量を吟味する力は的確だった。

河川の氾濫の後は土木工事などの力仕事が多くなったが、それだけに給金は高かった。

とくに台風などの水害によって堰堤（えんてい）や護岸の決壊などが起これば、砂利や石の運搬などの重労働の仕事が優先して回ってきた。

「牧野さま、あまり無理をしては、日雇いは長く続けられませんよ」

と伝兵衛が心配するほど給金の高い仕事を選んで働いていた。

佐伯藩は豊後の小藩だ。だが藩政の内情は各藩と同じように財政は傾いていた。

わずか三十石扶持でなおかつ一割を超える上米がおこなわれては、暮らしは楽ではない。さらに藩内の人員削減によって職を追われて浪人となった。

人の噂では博多商人の街は毎日が祭りのように賑わいを見せているとのことであった。ある意味ではあながちそれは間違いではなかった。博多商人の街は商家が増えて、住む人の数も年年増加の一途を続けている。

それとは反対なのが藩内の武家屋敷である。藩士の人員削減により、人口も減少したままの状態が続いている。

博多には江戸や大坂のような大豪商がいないと言われるが、それだけ商人たちが街を盛り立てるために博多の町に資金を注いでいることが窺えるのだ。

たとえば、一月には筥崎宮神事の玉せせりに始まり、三月の節句、五月の博多どんたく、六、七月は櫛田神社の夏祭り、九月は筥崎宮の放生会、十月、十一月は秋の大祭、十二月は商店街の誓文払いである。ほぼ二ヶ月に一回の祭りで散財する。散財によって人人が集まり、商売が繁盛して街が拡大していたのだ。

旅人問屋にとっても春夏秋冬の催事は日雇い稼業も賑わいをみせる。

そのお陰で、新四郎も日雇いの仕事にあぶれることもなく、日雇い長屋での暮らしにすっかり馴染んでいた。

伝兵衛が新四郎に依頼するのは、柿崎道場の師範代という肩書きが依頼人の心証に響くのか、用心棒的な仕事が目立った。

両替商が現金を運搬する時に雇われることもあったが、それは一日のわずかな時間の護衛ということで、手当ての割には仕事は楽であった。

しかし、ある支藩の飛脚が御用金を強奪されたという凶悪な事件も聞いている。油断は禁物であった。現金数百両を奪われた御用飛脚は藩命により、切腹を命じられている。厳しい探索の結果、金を両替したことで足がついた三人の賊は捕らえられて磔、獄門に架けられた。

そういう護衛という危うい仕事を請け負うのは危険の割には給金が安いとも思えてくる。

新四郎は、豊後の佐伯から出稼ぎに来ている牧野又五郎とは妙に気質が合った。

「いつもすまんな、おぬしの仕事をまわしてもらって助かっておる。昨日、国元に稼ぎを送ることができた。誠にかたじけない」

「お互い様だ。わしは独り身だが、そなたは、たしか家族五人と言っておられたな」

「そうなのだ。そなたのお陰で助かっておる」

人の身を危険から護る用心棒の仕事は、それだけ給金も高い。用心棒を勤める時間が短ければ、かけ持ちでも仕事ができる。

新四郎が柿崎道場に師範代として約定した日に姫路屋から依頼があった時には、又五郎に仕事をまわしてくれるように伝兵衛に頼んでいたのである。

新四郎とおふくが荒津山の中腹で忍びと思われる賊に襲われてから、すでに月日が過ぎて、その後は何の兆候もなく、半年が過ぎていた。新四郎は柿崎道場にかよって門人に稽古をつけた後、日雇い長屋にもどって一息ついていた。

その時だった。

伝兵衛からの使いが障子を引き開けて走り込んで来た。

「先生、大変です。姫路屋の娘が拐かされたそうです。すぐに来て欲しいとの知らせがありました」

「なに、おふくが拐かされただと?」

用心棒として牧野又五郎が護衛についていたはずである。

「牧野どのが一緒ではなかったのか?」

「くわしいことは、わかりません」

新四郎は道を急いだ。一刻も早く姫路屋に行かねばならぬと思っていた。


姫路屋に駆けつけると、緊張した面持ちの善兵衛夫婦のそばに手傷を負った牧野又五郎が悄然とした顔つきで坐っていた。

治療を受けた又五郎の切り傷は数カ所だったが、幸いに命に関わるような深い創傷はないということだった。

「まったく、思いがけないことでな、賊はそれがしの手に負えるような相手ではなかった。まったく面目ござらん」

又五郎がその有様を詳しく話し始めた。

「帰宅の途中でござった。いきなり覆面をした四人の男達から取り囲まれてしまった。それがしは、おふくを背に護って刀を抜いて応戦した」

「相手が四人では、そなたの腕前でも撃退は難しいことでしたな」

「いつしかおふくはそれがしと離れてしまい、それがしが手傷をおって怯んだところ、あらかじめ用意していた駕籠に押し込められて連れ去られてしもうた」

油断といえば油断であった。

半年以上も何の動きも見せなかったのは、姫路屋の油断をさそうためだったのかも知れぬ。拐かしたのは、後に何らかの目的があってのことであろう。

新四郎が予想したとおりだった。

日をおかずして拐かした娘おふくと引き換えに三千両という法外な身の代金を要求する文が姫路屋に投げ込まれた。

決して奉行所に届出をせぬこと、また、身代金を引き渡さねば娘の命はないと脅迫してあった。

姫路屋の当主、善兵衛の狼狽と傷心ぶりは側で見ておれぬくらいに痛々しいものだった。しかし、伝兵衛から前もって聞いていたこともあって、後妻の嘉代はおふくとは血のつながりがないためだろうか、不思議なくらい冷静にふるまっているようにも見えた。

そして又五郎は、用心棒の勤めを果たせなかったという無念さと、さらには給金の手だてが断たれたという不安が織りかさなった顔つきで新四郎を見つめた。

「善兵衛どの、おふくを助け出す手だてとして、まず、そなたの考えを聞かせてくれぬか」

「なによりもおふくの命が助かる策を取ってくだされ」

「すると投げ文にあるように、姫路屋として身代金三千両を用立てることができるかどうかということだが…」

「そうやすやすとできることではありません。商売はじっと金を寝かせていては成り立ちませぬ。有り金をあっちにまわしたり、こっちに都合をつけながらやりくりするのです。いきなり三千両、耳をそろえることは容易ではありませぬ」

「おふくの命は助けたいが、いますぐに要求の金は揃えることが難しいということだな」

「そういうことです」

「奉行所に届けることは、おふくの命に関わることで、しばらく見あわせることにしてはどうだろうな。世間に噂が広まれば、賊は身の危険を避けるために、まずおふくの命を絶つ懼（おそ）れがある」

「あい、わかりました」

善兵衛は唇を噛みしめて懸命に怒りを抑えている。

「金がなくては賊に疑われるおそれがある。知り合いの両替商等に借金をして姫路屋が金策に動いていると思わせることも必要だな」

「明日から、金策に走り回ってみます。おふくの命には換えられませぬ」

「あなた、本当に三千両もの大金を集められるのですか？　その侭奪われてしまったら、姫路屋は立ちゆかなくなるのではありませんか」

妻の嘉代は、おふくが無事に戻ったとしても、身代金を渡してしまえば、借財を背負って倒産することになるのを心配していた。

「心配するな、わしに考えがある」

「それでも姫路屋を続けていけるということですか？」

妻の嘉代は口を尖らせて不安そうな顔で言った。

「三代にわたってこの店を構えてきたのだ。これしきのことで姫路屋を潰してなるものか」

気苦労と疲れが出たのか、むくんだような顔になった善兵衛は、嘉代を叱りつけるような口調で言った。

商家の内情は下級武士として暮らして来た新四郎にとって、到底、窺い知ることのできぬ複雑なものがあるに違いない。

いきなり降って湧いたような災難が、姫路屋の屋台骨をゆるがし始めているのだ。

外見、羽振りがいいように見えても、いざ娘の拐かしに遭遇すれば、身代を潰しかねないのだ。用心棒として今、その力量が問われていることを、新四郎はひしひしと感じていた。

手がかりは拐かしの現場に残されているかも知れない。

新四郎は又五郎を伴って、急ぎ、おふくが拐かされた現場をまず見分することだった。なぜこのような場所を歩いていたのか、又五郎に聞いてみた。

「実は新町への帰り道を近道しようとして道を間違えてしまってな、武家屋敷の路に迷い込んでしもうたのじゃ」

豊後佐伯から出稼ぎに来た又五郎だった。福岡藩の地理に疎いことを咎めることはできなかった。城郭とそれを取り巻く町づくりは黒田藩が戦略的な意味をもって構築しているのである。地理不案内の又五郎が帰り路を間違えたのも無理はなかった。

武家屋敷の近くの道路は構口のように直角に折れ曲がると、人通りの少ない場所だった。そのうえ白壁の武家屋敷が人影を遮蔽（しゃへい）している。さらに道端に植えられた大きな松樹の木々の幹が人のひそむのに適していた。

だとしても数人の賊が、駕籠を囲みながら長い距離を運べば人目につく。人が不審に思う行動を続けることは容易ではないはずだ。

　おそらくは、この付近の地の利を生かした拐かし事件に違いない。

　二人は拐かしの現場から数日をかけて放射状に歩きながら、どこか不審な屋敷はないものかと探し回った。しかし、外塀からは何らの手がかりを見つけることが出来ず徒労に終わった。

　まったく手がかりがないままに数日が経っていた。

　日雇い長屋に住む大工職人の弥助が、新四郎の部屋に入って来た。

「長瀬の旦那、お久しぶりでござんす」

　伝法(でんぼう)な口調で言うと居間に座り込んだ。

「大工はいいな。あれこれ仕事を選ばんでいい。元気でなによりだ」

「近ごろ、牧野の旦那を見かけねえが、どうかなすったんですかね」

　牧野又五郎が日雇い長屋に来た初日、口喧嘩したのだが、又五郎を見かけないのを心配した口ぶりである。仲直りして以来、親しくなったのだろう。

「用心棒の仕事がなくなって、日雇いで護岸の工事現場に詰めていると聞いたが…」

姫路屋のおふくが拐かされて、職を失い、給金の高い、河川工事の労働についているると聞いている。郷里の豊後佐伯には決まった生活費を送らねばならない又五郎のことがちらと脳裡を過ぎった。

「弥助、そなたの仕事の方はうまくいっておるか」

「それが、変な仕事を受けちまいましてね。気になって旦那に話したくなってまいりました」

「変な仕事とはいったい、何だ？」

「いえ、ね、武家屋敷のなかの簡単な造作でしたが、ちょっと気になりましてね」

「ふむ…」

「瀧本という何百石かの、かなり大きな屋敷の家人に呼ばれましてね。十畳ほどの座敷の中に木枠で組んで囲いを作る仕事でした。今思えば、簡単な座敷牢みたいなものでござんした」

「それは何時のことだ？」

「ふた月も前のことです。給金が良かったもんで、二つ返事で引き受けちまいましたが、仕事が終わって、かたく口止めされました。それが気になって、長瀬の旦那に話したくなったという次第です」

弥助は気になったことを話して胸のつかえが取れたのか、ほっとした顔つきになった。

「その屋敷の場所はどのあたりだ？」

「簞子町の武家屋敷でさあ、屋敷内はざっと五百坪もあるような屋敷で門構えも立派でした。なぜ座敷内にそのような囲いをする必要があるのか、不思議ですよね」

新四郎は、姫路屋のおふくが拐かされた場所から武家屋敷が近いことも気になった。

姫路屋に身代金を要求する文が投げ込まれる時期よりも以前に座敷牢のような造作が武家屋敷に用意されていたとは不審な行為である。

昔は武家屋敷に放蕩息子や気のふれた家族を座敷牢に押し込めたという話を聞いたことがある。

新四郎にまた別の疑念が湧いた。

もしや姫路屋は福岡藩の武家と何らかの形で関わっているのではないかということだった。

瀧本の屋敷を探って見ることが、拐かしの糸口を見つけることに繋がるかも知れない。

新四郎は弥助に礼を言うと、また何か気づいたことがあれば、知らせて欲しいと頼んだ。

今はおふくを救出することが、新四郎にとって最も重要な仕事である。

身代金が手に入るまでは、おふくの命は保証されている。しかし、うまく身代金が手に入らねば殺されてしまう危険な賭けである。

弥助が仕事を請け負ったのは、桜田屋伝兵衛からだとすれば、瀧本という武家について何らかの事情を知っているかも知れない。

新四郎は、まず桜田屋を訪ねて伝兵衛に会うことにした。

店に入ると、伝兵衛は相変わらず忙しそうに番頭と話をしていた。が、新四郎を見とめると話を中断して、どうぞこちらへと言って座敷に案内した。

「瀧本さまですか、そう言えば、家人の依頼で弥助に仕事を頼んだ覚えがありますな」

「どうもおかしな造作を座敷内に作るのを頼まれたらしい」

「おかしな造作?」

「口外してもらっては困るが、どうも座敷牢のような囲いだったそうだ」

「座敷牢ですか? 屋敷内の誰かを閉じ込めておく必要があって大工に頼んだということですかね」

「詳しいことはまだわからんのだが、この仕事をしたことを家人に堅く口止めされたというから、余計に勘ぐりたくなるのだ」

「瀧本さまは、たしか四百取りだったたと思います。ちょっとお待ちください」

伝兵衛は帳場の船簞笥の引き出しから簿冊を取り出してめくった。

「瀧本さまは馬廻り組に属していますが、今は御役には就いていませんな。何か特別な御役をいただいているのであれば、手前ではわかりかねますが…」

「瀧本家のご当主は何と申されるのか？」

「瀧本左馬介というお方です」

新四郎の知らない上家士の姓名であった。

「もう少し調べてみる必要がありそうだな」

新四郎の脳裡に明るく微笑んでいたおふくの顔が浮かんできた。

弥助が得難い情報を伝えてくれたのかも知れぬ、そう思うと姫路屋に出向いて確かめることにした。

姫路屋は表面的には、事件の内情を感じさせない商売が行われていた。世間体を重んじる商人として、内情を隠して平然さを装っている善兵衛の悲哀を感じた。

新四郎は、裏木戸から店に入ると、座敷に通されて善兵衛に会った。

おふくを拐かされて、かなり月日が経っている。笑顔が消えて、げっそりと頬が痩けて憔悴した顔つきになっている。

「その後、奴らから何か動きはござらんか」

新四郎の質問に善兵衛はむなしく首を横にふった。

「善兵衛、そちに訊ねたいのだが、当藩の馬廻り役の瀧本左馬介という武士を存じておるか」

「瀧本さま…いえ、存じません。それが何か？」

「そなたは知らぬか、そうか。まだ詳しいことはわからんが、そなたの商売と何か関わりのある人物ではないかと思うて、おぬしに直接に訊ねてみたまでじゃが……」

「瀧本さまのお屋敷はどのあたりにございますか？」

「町奉行所屋敷に近い簀子町にあるらしい。それがしも、まだ武家屋敷を確かめておらぬ」

「瀧本さまが、おふくの拐かしに何かつながりでもあるのでしょうか」

「まだ、何とも言えぬ、善兵衛、まだ軽々しく口外してはならんぞ」

善兵衛の張り詰めた神経は、ことごとく娘のおふくに結び付けて考えてしまうようだった。

「詳しく調べて見るまでは何とも言えんが、おふくを拐かした者たちが忍びの者だとすれば、忍びを使える武士がいると考えねばならん。ただ不審なのは、あまたいる博多商人の中で姫路屋、そなたが的になったということだ」

「…………」

「しかもだ、法外な身の代金を要求しているのは、そなたの家の内情を詳しく知っておる者たちだとは思わんか？」

「するとそれがしの家の内情に詳しい誰かが…」

「姫路屋に以前、働いていて、不行跡で辞めさせた使用人などはおらぬか？」

「断じて、使用人に恨まれるような覚えはございません」

善兵衛は考える間も与えない速さで不心得な使用人はいなかったと強く否定した。

「するとだな、善兵衛どの、そなたが娘のおふくさんを数千金にもまさるほど可愛がっていることを熟知していなければ、おいそれと拐かしをするはずがない。金よりも娘を大事だと思うそなたの気持ちを熟知しておるうえでの犯行に相違ない」

善兵衛は唇を噛みしめ、両腕を組んだまま、頭をひねっている。

解決策の見えない中で、苦渋に満ちた顔が歪んでいた。

新四郎はしばらく黙っていたが、やがて善兵衛に向き直って言った。

「三千両の身の代金のうち、いかほど調達できましたか？」

「三千両は大金でございましてな、かき集め、借財もして二千両ほどは手にできました」

「するとあと一千両か、それは難儀だな。あと一千両を借り受ける目途はついておるのか」

「あとひと息です。何しろ、おふくの命がかかっておることです。もはや命がけです」

「三千両が用意できたら、奴らにはどんな手段で知らせることになっておるのじゃ」

「あれから程なくして、奴らから店にまた文が投げ込まれました。三千両が用意できたら姫路屋の店先に白い幟旗（のぼり）を立てて知らせよとありました。ほれ、幟旗はすでに準備しました」

座敷の床の間には、白い幟旗が掲げてあった。

「手回しがいいな」

新四郎は苦笑しながら言った。

昨夜中、新四郎は藩馬廻り役、瀧本左馬介の屋敷まわりに張り込んだ。慣れない張り込みと睡眠不足が重なって思いのほか疲れていた。

日雇い長屋に朝帰りすると、まかないのおたきが作ってくれた熱い味噌汁と大根の味噌漬けで朝飯を胃袋に掻きこむと空腹感がようやくおさまった。

昨夜の瀧本屋敷は表門は堅く扉を閉して人の出入りはなかった。人が住んでいる以上、家人の出入りはあると踏んでいたが表門は一度も開かなかった。

そして今夜は屋敷の裏木戸口の近くに張り込んで、出入りを見張っていた。

すると、御用聞きらしき者たちが数人出入りのために裏木戸を使った。

だが、新四郎が不審に思うような人物の出入りはなかった。張り込みが四日目になっていた。

闇夜になって家人らしき者が屋敷を出て行くと、一刻ほどして戻って来た。

張り込みにあたっている新四郎に姫路屋から手当てが出た。

五日目の夜だった。小柄だが身の軽い足軽風の男が周囲を窺いながら屋敷の裏木戸をくぐった。

……足軽の格好だが、身が軽い。

新四郎は近づこうとしたが、足はやく屋敷に消えた。腰つきから武士が変装していると思われた。やはり瀧本の屋敷からは不審な雰囲気が消えなかった。

瀧本左馬介に対する疑惑が深まって、思わず躰が緊張するのを覚えた。

小半刻を過ぎたころ、足軽風の身なりをした男は、裏木戸を抜けると足早に何処にか消えた。

深夜に裏木戸からの出入りは、何ともおかしな行動であり、疑惑をともなう気持ちが生まれた。

新四郎は夜が明けて日雇い長屋で休む前に、桜田屋伝兵衛のいる帳場に立ち寄った。帳場では伝兵衛が番頭と口入れの差配をしていた。

「長瀬さま、朝帰りですかい？」

「姫路屋の一件で、夜中も働いておる」

「それはご苦労でございますな。で、何か新しいことでもわかりましたかな？」

「いや、上手くいかんので、おぬしの力を借りたいのだ。当藩の馬廻り役の瀧本左馬介のことについて、その後のことを知りたいと思うて立ち寄ったのだが…」

「まだ、瀧本さまのことを調べておんなさるか？」

「そうだ、どうも疑惑が解けんのだ。いやむしろ疑惑が深まっておってな。ぜひそなたの力が借りたいのじゃ。どうにかならんか」

「わかりました。長瀬さまがお困りのご様子、手づるをつたって調べてみましょう」

伝兵衛がわかりましたと言う以上、何らかのことがわかるはずである。

……えらいもんだ。

旅人問屋、桜田屋伝兵衛の人脈はあなどれない陰の力を持っている。商人魂をたたき込まれたような気合いの入った顔つきになった。

数日経っていた。

新四郎は柿崎道場の師範代となって新弟子に稽古をつけていた。

柿崎道場は新四郎と早苗の師範代の指導が評判になっているらしく、新たに入門する者が少しづつ増えていた。

道場の格子戸から射し込む爽やかな陽光が道場内を縞模様に照らしている。

新しい門人の中には娘たち数人がいたが、それが男弟子を誘いこむ効果をもたらしていた。

木剣を振って正面を打ち、左右に打突をくり返しながら、素早い体さばきをくりかえし、忍びの者たちと闘った時の間合い等を思い起こして、数人と渡り合う稽古をしていた。

その稽古のおかげで、以前よりも素早い躰さばきができるようになっていた。

午後の稽古の途中、桜田屋伝兵衛の使いが来て、お伝えしたいことがあるので、帰りに帳場に立ち寄るようにとのことずけがあった。

新四郎はすぐに稽古を打ち切り、井戸端で冷水を浴びて汗を流して着替えると桜田屋に急いだ。

帳場にいた伝兵衛は、新四郎の姿を見て、先に立って奥の座敷に案内した。

「伝兵衛どの、何かわかりましたかな？」

「瀧本左馬介さまは、むかし、当藩の大目付を補佐する職にあったことがわかりました」

「大目付の補佐？」

「表向きは馬廻り組に属していますが、裏では藩政に関わる大目付の補佐役です。しかし、何らかの理由で、かなり前にその職を解かれたようです」

「解かれたという…その理由は？」

「理由は存じませんが、今は馬廻り組に属しているものの、無役だということがわかりました」

「かたじけない、礼を言う…」

「御役に就いていた頃の配下には、無足組や城代組の者もいたようです」

「すると、忍びの者も当然にいたと思われるな」

夜更けに瀧本家の屋敷の裏木戸から出入りした身軽な者たちのことが、新四郎の脳裡を過ぎった。

「詳しいことは存じませんが、忍びの者がいても不思議ではありませんな」

「瀧本左馬介について、他に何か噂は聞いておらんかな。どんなことでもよい」

「禄高のわりには、暮らしは楽ではないようです。金策にまわっているという噂もあるようです」

「金に困っているというのだな。当藩で金にゆとりのある者などほとんどおらんからな。それがしも職を追われて今は浪人の身だ」

「これは失礼なことを申しましたな。お許しください」

「なあに謝ることはない。それがしは、伝兵衛どののお陰で日々の暮らしができておる」

新四郎は苦笑いしながら軽く伝兵衛に頭をさげた。日雇い仕事がなければ今の暮らしはなりたたない。

豊後佐伯から出稼ぎに来ている牧野又五郎は五人家族を支えている。近頃は護岸工事の現場で砂利などの運搬という重労働もいとわずこなしているという。

それに比べれば独り身の気楽さに慣れきったような暮らしである。世間なみに世帯を持つには、日雇いでは心許ない限りである。

早苗は若い年頃の娘だが、貧しい生活をやりくりしながら、病身の母親を健気に介護している。

……誰もが懸命に頑張っておる。

新四郎は自分に言い聞かせるように呟いた。

「そなたの話だけでは、まだ解らぬところがある。もう少しねばり強く見張ってみるしかないな」

「わたしも、もう少し手を広げて聞き込んでみようと思っております」

「くれぐれもたのむ」

瀧本左馬介という上家士の身辺ををさらに詳しく調べる必要がありそうである。

新四郎は稽古の疲れも空腹も忘れて考えていた。

日雇い長屋でまかないのおたきが作った朝飯を食べ終わって、新四郎は柿崎道場に出かけようとしていた。

折よく姫路屋から使いが来て、できるだけはやく来て欲しいとの急ぎの知らせであった。

姫路屋に駆けつけると番頭から座敷に通された。

善兵衛は青白い悄然(しょうぜん)とした顔つきで坐って待っていた。

「善兵衛どの、いかがいたした?」

「昨日から妻の嘉代が突然に家出しちまいましてね」

うかぬ思いのこもった顔つきだった。

「いったい、どういうことだ?」

「いえね、おふくのことにわたしが熱心に肩入れして借金しているので、口喧嘩になりましてな。怒って家を飛び出していきました…」

「おだやかではないな」

「最初の妻を離縁して、娘のためを思って後妻を娶ったのですが、こんなことになって…」

「三千両の金策はどうなったのだ」

「四方八方からかき集めて、どうやら揃えることができた矢先でしてな。なさけねえことです」

「一時的な家出だろう。頭が冷えたらじきに戻ってくるから、心配するでない」

「表向きは、よい女房ぶりを見せていましたが、心底、おふくをそれほど可愛がってはおりませんでした。それは日頃の素振りでわかりました。みすみす娘のために三千両を身の代金として投げ出すことに我慢ができなくなったのでしょうな」

落胆して涙ぐんだ善兵衛は深く頭を垂れた。

身の代金が準備できたのなら、おふくを一日も早く救出しなければなるまい。感傷に浸るいとまはない。

「善兵衛どの、そなたはいつ店の前に白い幟旗を立てるおつもりか?」

「明日にでもと考えておりますが、何か？」

「それは最後の手段だぞ、はたしてやすやすと三千両を引き渡して無事におふくさんを取り返せる保証はないではないか」

「と申しても、一刻もはやく娘の無事を願うのみです。矢も楯もならん気持ちでしてな…」

「その気持ちはよくわかった。どうだ、もう二日、待ってくれぬか。確証が取れたら、そなたの考えにしたがおう」

「何か策がおありとおっしゃるのですか？」

「ふむ、今、調べておるところでな、今はまだ、そなたにも話せぬ」

新四郎は気のはやる善兵衛をなだめたが、もはや幟旗を立てるまでに十分な時間がないことを感じ取っていた。

新四郎の予想に反して、姫路屋の後妻、嘉代は三日経っても家にもどってこなかった。単なる夫婦喧嘩で家出したとは思えなくなっていた。

あらためて妻の部屋の箪笥の中などを探して見たが、金目になるものはすっかり持ち出されていた。夫に気づかれぬように秘かに事前に持ち出したにちがいなかった。

後妻といっても元は姫路屋がよく通った料亭の仲居だったという。若い頃、武家屋敷にも奉公をしたこともあったらしい。愛想もよく、客あしらいにも慣れていた。

夫婦仲はそれほど悪くはなかった。派手さはなく目立たない女だった。

それがおふくが拐かしに遭ったことで、豹変したように性格が変わり、夫婦仲がギクシャクしていたのだ。

長年、仲の良い夫婦であっても、家産を傾けるほどの借財が絡むと、今まで予想もしなかった行動をするものだと、独り者の新四郎は感じていた。

「瀧本左馬介さまは馬廻り組に士籍はありますが、無役のため、城に上がることもめったにないようです。どのような暮らしぶりをしているのか、近辺で知る者はおらぬようです」

「近所との付き合いも疎いのであろう」

桜田屋伝兵衛からの聞き込みをもってしても新たな情報は見つからなかった。

瀧本屋敷に出入りする商人らの話によれば、広い屋敷にまかないの女中が数名のほかに家宰と家人が四、五名はいることがわかった。

屋敷内の間取りなどについては、大工職人の弥助が記憶をたどって簡単な図面を書いてくれた。

これで瀧本屋敷の大まかな間取りなどの状況が掴めた。

出入り業者の御用聞きから聞き込んだ話でも、屋敷には当主のほかには、まかないの女中と家人たち数人が住んでいるということだった。

ところが若い娘が用いる小物や化粧道具などを注文されたというのだ。これは突き止めねばならぬ勘所である。もしもかりにだれか若い女人が屋敷にいるのであれば、いちど事実か否かを確かめてみる必要がある。

だが高い白壁の塀はそうやすやすと乗り越えることは難しい。

新四郎は伝兵衛に相談をもちかけた。

「武家屋敷に無断で立ち入って、中の様子を探ろうなどといった危うい話にはとても乗れませんな」

伝兵衛は意外なことを聞いたという憮然とした顔つきで新四郎を睨んだ。

「無理なことは重々わかっている。何らかの方法がないものかと、そなたに相談しておるのじゃ」

「途方もないことを考えなすったものです」

伝兵衛はつれない返答をした。

「もしもだ、その屋敷に拐かされた娘が囲われておれば、どんな手を遣ってでも助け出すという考えも、あながち間違いではあるまい」

「そうは申しても、もしも見つかればたちどころに斬り殺されますよ。そんな命を張るような危ない仕事は請け負えませんな」

「それはわかっている、だが…どうしても確かめたいのだ」

何らかの手がかりが喉から手が出るほどに欲しい新四郎は、食い下がって言った。

「長瀬さまのお考えでは、もしかすると、姫路屋の娘ではないかということですか?」

「わからんのだ。大工の弥助の話では、簡単な座敷牢のような作りだと申しておった。拐かされた場所から考えてもだ、おふくが囲われている気がしてならんのだ」

「………」

「何か手がかりでも掴めれば、踏み込んで救い出すことができるのだが」

「ある意味では命がけの仕事になります、とても危うい仕事です。もしも請け負った者には十分な手当てを出すあてはありますかな？」

「当然じゃ。それは約束しょう」

根負けした顔の伝兵衛が請負人として選んだのは、鳶職の伊蔵という男だった。

二十過ぎの威勢のよい顔つきをした、いなせな男だという。小兵だがどんな高所でも命綱なしで登っても平気な男だといった。身の軽さと度胸の良さを伝兵衛は買っているようだった。

「伊蔵は口が堅いのが有名でしてね、きっちり仕事をこなす男ですよ」

「かたじけない。何かあると、たびたびそなたに相談して申し訳ないが、娘御の命がかかっておるのでな」

「しばらく、待っていておくんなさい」

伝兵衛は新四郎に待つように言うと、すぐに番頭に命じて使いを出した。

まもなく桜田屋の使いに伴われて伊蔵が現れた。

小柄だが躰が引き締まっている。いかにも鳶職人と思わせる精悍で眼つきも鋭く、物わかりのよさそうな面構えをしている。

新四郎は、この男なら、口も堅そうだし、詳しい話をしてもよさそうだと思った。

姫路屋の娘が拐かされた事件が未解決であること。現場に近い瀧本左馬介の武家屋敷に囲われている公算があることなどを話した。

そして一切、仕事の内容は他言せぬようにつけ加えた。

「するとあっしが屋敷に忍び込んで、見てきたことを旦那に話せばよかですね」

物わかりが良いのか、新四郎の話が終わると自分の役割を確かめるように言った。

「そうだ、だが決して深入りしてはならんぞ。相手は武士だ。捕らえたりはせん。見つかったら即座に斬り殺されるぞ。危うい仕事だ」

「わかってまさあ」

「やってくれるか？」

「やらせてください！」

こんなやり取りがあって、今夜にも決行という段取りになった。

勿論、新四郎も付近まで帯同して、瀧本屋敷まで案内して、もしも家人から追撃された場合には掩護（えんご）する手はずをととのえた。

夜はふけて丑の刻近くになっていた。武家屋敷界隈は静まりかえって、人っ子一人も通らぬ暗闇と静寂に満ちていた。

遠くで犬が遠吠えする声が、夜のふける中で、いっそう深い闇と静けさを感じさせた。

伊蔵は黒手拭いでほおかむりして、黒衣に鳶足袋、ふところに匕首（あいくち）を忍ばせた黒ずくめの鳶職の出でたちだった。

裏木戸の小さな塀に手をかけると、闇夜でも眼が慣れたのか、新四郎の両腕の反動を借りると、無言で一気に飛び上がった。

足にバネがついているような身軽な動きで跳躍して塀の上に上り、少し中の様子を窺った後、壁を飛び越えると屋敷内に消えた。

新四郎はすばやく瀧本屋敷の向かい側の路地に身を隠し、聞き耳をたてた。

待つ時間は長い。伊蔵が見つかりはせぬかと、新四郎は心中に案じながらじっと待った。

その時だった。屋敷内から、

「曲者だ、出合え！」

と叫ぶ声が聞こえた。続いてバタバタと騒がしく走るような物音がした。

……しまった。見つかったか。

不安が脳裡を過ぎった。

新四郎は覆面をしていたが、すぐに脱ぎ捨てると裏木戸近くに屈んで刀の鯉口を切って身構えた。

だが、塀の外で待てども、伊蔵はなかなか戻ってこなかった。

……斬られたか？

新四郎は一瞬、この作戦を考えついて、強行したことを後悔した。

その時だった。

裏木戸が内側から開いて伊蔵が飛び出して来た。躰のどこかを斬られたらしく、身を庇っているような気配だった。

「伊蔵、大丈夫か？」

新四郎は伊蔵に近寄って言った。

「旦那、遅くなって心配かけました。だが大丈夫でさあ」

言葉は強がっているが、何処かを斬られている。

伊蔵の躰を支えて向かい側の路地まで引き連れると樹木の陰に隠れた。

すぐに屋敷内から四、五人の家人が飛び出してまわりを見回している。闘えば闘えぬことはなかった。しかし伊蔵が傷を受けている。無理は禁物である。

伊蔵をかばってじっと暗闇にひそんだ。

「どこへ逃げやがったか」

「一撃を食らわせたが、手応えはあったぞ」

家人は言い合いながら、もう一度まわりを見回して屋敷に入ったらしく裏木戸の閂(かんぬき)を閉じる音がした。

「伊蔵、ご苦労であった。早速だが、屋敷内の様子はいかがであった?」

「旦那からお聞きしておりました座敷には、残念ですが、忍び込むことは出来ませんでした」

「しかし何か手がかりを掴めたであろう」

「雨戸が閉じてありまして、入ることはできませんでした。節穴から明かりが漏れていましたので、中を覗いて見ました」

「夜通し明かりを灯しているのもおかしなことだな」

「あっしもそう思いました。やはり誰かが囲われているに違いねえと思いました」

「他に何か気づかなかったか？」

「雨戸に耳を当てて中の様子をうかがっていました。かすかに女がすすり泣くような声が聞こえました」

「伊蔵、よくぞ、そこまで確かめてくれたな。礼を言うぞ、してそなたはどこを斬られたのだ」

「なあに深手じゃありません。肩口と腕をかすられたようです」

伊蔵は気丈にふるまっているが、かなり出血しているようだった。

新四郎は急いで内袖を引きちぎると伊蔵の肩口と腕を縛った。

「家人の動きはいかがであった」

「なかなか素早い身のこなしの者たちでした。屋敷を見回る家人に見つかって追われました。逃げ道を一歩間違えればおだぶつでした」

「そうか、腕の立つ者がいることもわかった。おぬしのお陰で見通しが立ったぞ」

新四郎は伊蔵を抱きかかえるようにして、ゆっくりと日雇い長屋に向かって歩いていた。

瀧本屋敷から遠ざかるにつれて、やがて新四郎の躰には、あらたな緊張感がわきあがっていた。


重要な犯罪であっても、たとえ証拠が明白であっても、町奉行所の役人が藩の武家屋敷の探索を強行することは無理であろう。

容疑があると言って、町奉行所が危険を侵してまで瀧本屋敷に踏み込む無謀さは持ち合わせてはいまい。

ましてや、おふくが拐かされ、屋敷に連れ去られた現場を見たわけでもない。

善兵衛と相談のうえ、新四郎は慎重に相手を見定めることにした。

身の代金が準備できたという白い幟旗を店頭に立てることにした。

まずは相手の出方を探ることにしたのだった。

通行人をよそおい店の前を通る不審な輩を探し出すために、隠し窓から監視することにした。

牧野又五郎が新四郎とともに、その役目を買って出た。

又五郎はおふくが拐かされた責任を真剣に受け止めているのか、こわばった堅い表情をくずさずに曇ったような顔つきである。

梶谷早苗も道場主、柿崎半衛門の了解を得たうえで道場を休むと、新四郎の計画に加わっていた。

姫路屋の店先を往来する通行人は、川端の商店街に比べれば、それほど多くはなかった。

通行人の中には姫路屋の店先に立てている白い幟旗に興味をもって立ち止まる町人もいた。が、それは珍しさのためで不審な挙動というわけではなかった。

番頭の勝蔵には、日頃と変わりなく帳場に坐らせて商売を続けた。また丁稚の佐助には店の前を掃かせていつも通り水を撒かせた。

初夏のひざしの中で、博多湾からの風が吹いていた。店を開けている昼間は何の変化もなかった。

しかし、その日の夜、どこからか姫路屋の店先に石を包んだ投げ文があった。

店先の白い幟旗を見た賊からのものだった。

「約束通り、三千両を持って娘と引き換えに来い。明夜、丑の刻、姪浜港で引き渡す。町奉行所に知らせた時には、娘の命はない」

そういう要旨の文面だった。

素養が窺われる書き慣れた達筆な墨字だった。

「賊はいよいよ動き出したな。もしも瀧本左馬介が首謀者ならば、必ず、おふくは屋敷から連れ出されるはずだ」

新四郎は緊張した面持ちで姫路屋善兵衛に言った。

おふくの命が懸かった取り引きが、うまく成功することを願う善兵衛の悲壮な感情がひたいの皺に深く刻まれていた。

「三千両は大金、千両箱三荷になります。姫路屋から姪浜港まで運ぶために安全な方法がありますかな」

「荷馬に積むという手もあるが、襲われて不意に驚いて逃げ出すことも考えねばならん。やはり人力だな。荷車に護衛をつけることにいたそう」

「大丈夫でしょうな」

善兵衛は不安そうに言った。手持ちの全財産を超える額である。慎重になるのも無理はない。

「賊はそれほど多くはない筈だ。身の代金を狙うのに大がかりに人集めをしては足がつきやすい。おそらく最小の人数、つまり三千両を手早く運び去れる策を考えて来るに相違ない」

「そうすると、四、五人くらい？」

「おそらくそんなところだろう」

「こちらは、どうなるのですか?」

青白い顔をした善兵衛は不安そうな眼つきで新四郎を見つめた。これらの計画が失敗すれば、全財産も娘の命も失うことになりかねない。

「身の代金は、そなたが番頭と丁稚をともなって運んでくれ。護衛はつける。やすやすと金は渡すつもりはない」

「金を渡さなければ、おふくの命がなくなります。どうやって助け出すお積もりですか。くわしく手だてを聞かせてください」

「金を渡せば、おふくの命が助かるという考えは甘いぞ。これまでの賊のやり方を見ていると実に巧妙だ。しかも非情なところがある。それがしは、ある人物がからんでいると見ているが、それは確証がないので、今は言えぬがな」

「長瀬さま、目星をつけた者がいると申されるのですか?」

「目星はつけたが、今ひとつ確証が掴めんのだ。あした、そのすべてが明らかになるであろう」

新四郎は柿崎道場に半衛門を訪ねた。おふくの奪還のために護衛として梶谷早苗の助力を願い出たのだった。

助け出されたおふくに安心感を与えるためには、まず女性の助けが必要である。

「ぜひ、早苗どのの力をお貸しいただけませぬか」

「そうか、早苗が受けてくれるなら、わしに異存はない」

半衛門は簡単に了解した。

早苗は道場で新弟子に稽古をつけていた。

稽古をやめて半衛門の部屋に来て、新四郎に挨拶した。稽古で火照った顔に小さな汗の玉をひたいに浮かべている。

それを見て、新四郎は早苗の母親のことがちらと頭を過ぎった。

「早苗、新四郎がそなたの力を借りたいと申しておるが、どうじゃ」

「……………」

「拐かされている姫路屋の娘、おふくを救い出すには、どうしても女手が必要なのだ。機転のきく早苗どのなら心強い。どうか手伝ってくれぬか」

小首をかしげて新四郎の話を聞きながら、早苗の顔色が次第に高潮していった。

「ぜひ、わたくしにも手伝わせてください」

義憤が早苗の顔をこわばらせて、美貌の顔が輝いていた。

「早苗どのの手助けは、まことに有り難く、心強い。くれぐれもお頼み申す」

柿崎道場を辞去すると、日雇い長屋にいる牧野又五郎を訪ねた。

この数日、日雇いの仕事がないらしく居間で寝転んでいた。

これなら少々危ない仕事も引き受けてくれそうだなといった気配だった。

「いくいく、それがしにもぜひ手伝わせてくれ」

新四郎から仕事の内容を聞くと二つ返事で反応した。

なかば眠っていたようなとろんとした眼つきが急に輝きをました。

「ところで、手当ての方は、大丈夫だろうな?」

日雇いにあぶれていたのであろう。又五郎にはそのことがまず気がかりのようだった。

「ことが巧く運べば、給金はそれがしが保証する。何が起きるか予想ができぬ。すこし仕事が危ういが、あらかじめ心得ておいてくれぬか」

「よし、今夜だな、腹ごしらえして、そなたと一緒にまいろう」

又五郎は、給金のあてが出来た喜びをあらわに顔に出した。性根が正直なのであろう。なによりも豊後佐伯に五人の家族が又五郎からの仕送りを待っているのだ。

新四郎は人質のおふくを奪還することが、やすやすとできるとは考えてはいなかった。相手に忍びの者が混じっているとすれば、対抗するには今一人加勢が欲しかった。

ここは地獄耳のように適材を知っている桜田屋伝兵衛に頼るしかなさそうだ。

すぐに上川端の桜田屋伝兵衛を訪ねた。

新四郎の話を聞いていた伝兵衛は、しばらく眼を閉じて思案していた。が、立ち上がって帳場の船箪笥の引き出しから古い簿冊を携えてきた。

「そうですな、腕の立つ御仁ということで、名簿を見ているのですが、…師岡先生、ふむ、この方はご病気だ。米田さま、ふむ、この方は凄く腕が立ったが、もはや高齢ですな。まてよ、長瀬さま、いましたよ」

「どれ、誰だ、その腕の立つ御仁は?

「富永忠左衛門という方でしてな。今はどうしておられるでしょうな」

「武士か、それとも浪人か?」

「長瀬さまと同様、どこかの藩をやめた方でしたな」

「腕は立つのか?」

「めっぽう強い方で、なんども白刃をくぐったことのある太っ腹な浪人さまですが、ただ、女ぐせと酒くせが悪いので、雇い主から文句が来ましてね、しばらく仕事を回わさないでいたら、いつしかこの店から遠ざかっております。今はおそらく川端から海側の奈良屋町に住んでおると思います」

「少々危うい仕事でも引き受けてくれるかな？」

「手当てさえ高ければ、お引き受けになるでしょうな」

「では伝兵衛どの、富永どのの家までの簡単な地図と紹介状を書いてくれんか。急いでおってな、今からすぐに会いに行きたいのだ…」

富永という浪人者は、少々女癖や酒癖が悪くとも腕が立つならぜひとも会って、味方に引き入れたい人物だった。

早速、桜田屋伝兵衛が教えてくれた富永忠左衛門に会うことにした。

伝兵衛が書き付けてくれた簡単な地図を見ながら冷泉町から店屋町を経て、博多湾に近い奈良屋町まで着いた。

商家がならぶ町並みから一歩路地を入ると新四郎が住む日雇い長屋とは違った、こじんまりとした長屋が連なっていた。

古びたたたずまいの長屋の奥まった所に大家がいた。六十過ぎの小柄な白髪の大家に紹介状を見せると、

「富永さまはこの長屋に住んでおります」

と言いながら先に立って玄関口まで案内してくれた。

大家の親身な対応ぶりから、桜田屋伝兵衛が博多商人の中でもその名がよく知られていることを知った。

「大家の弥兵衛です。富永さま、お客人をお連れしました」

「客人とはいったい誰だ」

部屋の奥から野太い声がした。

すぐに古びた玄関の破れかけた引き戸が、ガタガタと音を立てて開いた。

四十にはまだ手が届いていまい。長身で長顔で髭ずらの男が顔を出すとどじろ

りと新四郎を見つめた。

肩幅が広く、痩せた躰である。月代がのびている。着ている衣服までが垢染みたように見えた。

新四郎は、この男が女癖と酒癖の悪いという男かと思ったが、素知らぬ顔で軽く会釈すると、

「それがしは長瀬新四郎と申す者だが、ぜひとも貴殿の腕を借りたくてな、桜田屋伝兵衛の紹介状を持って伺った次第でござる。ちょっと中で話をさせてもらえまいか」

富永は伝兵衛の紹介状をちらっと見て言った。

「仕事の話でござるか?」

「いかにも、手当てははずむつもりでござる」

「むさ苦しいが、ま、入られよ」

忠左衛門がむさ苦しいと言ったのは、あながち間違いでもなかった。うす汚

れた部屋の中に入ると敷いていた蒲団を丸めて壁の脇に蹴やって、新四郎に坐るように手でうながした。男の体臭とカビの匂いが部屋中に混在していた。家具とおぼしき物はほとんどなく、男世帯のわびしさがにじみ出ている。こんな暮らしでは、若い女を見ればつい手を出したくなるのもわかるような気がする。

ちらと見た台所も閑散としたままだ。

今は詳しいことは言えないと前置きして、仕事は人助けだと言った。貴殿の腕前を借りなければならぬ時は、十分な働きをして欲しい。手当てははずむとつけくわえた。

「それがしの腕を見込んでのご依頼とあれば、喜んでお引き受けいたそう。久しく刃の下をくぐっておらんので、十分な働きができるとは断言できぬが……よろしゅうござるか」

「大言壮語されるよりも、その位の心づもりで十分でござる。あまり自慢されると、かえって貴殿の腕前を疑いたくなるものだ」

新四郎は前金を手渡して、六つ半（午後七時）までに、新町の姫路屋にて必ず落ち合うよう忠左衛門に約束を取り付けると長屋を出た。

午後の空を見上げると雲ひとつなく晴れわたっている。おそらく今夜は月明かりの夜になるだろうと予想することができた。

格闘に備えての陣容のあてはついたが、今夜どうしても必要な仕事人は鳶職の伊蔵だった。

身軽で相手の動きを事前に察知できる伊蔵がいて、はじめて忍びの者たちに対処できると新四郎は考えていた。

日雇い長屋に帰りつくと、幸いに鳶職の仲間と出かけようとしている伊蔵に出くわした。瀧本屋敷に忍び込んだ折に、家人から受けた刀傷も癒えた様子だった。

「伊蔵、今からどこに行くつもりだ」

「仕事が一段落したので、今から仕事仲間といっぺえやりに行くところでして、よかったら旦那もご一緒しませんか？」

「伊蔵、そなたと呑みたいところだが、今夜、そなたの力をぜひとも貸してくれぬか」

「今夜ですかい…」

少し不満そうな顔つきの伊蔵を長屋の棟の片隅に押しやって、

「そなたが探ってくれたあの瀧本が今夜、動くに違いないのだ。そこでもうひと働きしてくれぬか。娘の命がかかっておるのだ」

「そりゃ、本当ですかい」

伊蔵は眼をむいて新四郎を見つめた。

「まず間違いはない」

「わかりやした。おともしますから、少し待っておくんなさい」

瀧本屋敷で斬られて怪我をしたことなどケロリと忘れたような色よい返事

だった。

いざという時に本当に役に立つ男だと思うと同時に、自分が日雇い長屋に帰るのが少しでもおそかったら伊蔵に会えないところだったと、新四郎は運のよさを感じると胸をなでおろした。

善兵衛の強い意向もあって身の代金の運搬方法に変更があった。

姪浜港までは細心の用心のために陸路をやめて、新町近くの港から姫路屋の持ち船万福丸で三千両の身の代金を運ぶように変更した。

熟慮した善兵衛の決断だった。

陸路で夜陰に紛れて賊に襲われることを考えての選択であった。

三千両という大金がかかった取り引きである。

瀧本左馬介が身の代金事件の主犯だとすれば、屋敷に止まって指揮することはあるまいと踏んでいた。

左馬介が屋敷を出るとすれば馬に乗ることも予想しなければなるまい。身の代金を迅速に運び去る方法として馬が一番考えられる手段である。

屋敷に馬小屋がないことは、伊蔵の探りですでにわかっている。馬持ちの武士から借り受けるはずである。

新四郎は伊蔵をともない瀧本屋敷の外まわりから中の気配を探っていた。

屋敷内から馬の嘶く声が聞こえた。それも数頭はいそうな気配だった。

……瀧本左馬介が主犯ならば、自ら身の代金の受け渡しの指図をするつもりだな。

新四郎は身震いを覚えた。

「伊蔵、それがしは今から姪浜港に行かねばならん。瀧本屋敷の者が今夜動けば拐かしに絡んでいることはほぼ間違いない。危ない仕事だが、いち早くそれがしに知らせてくれぬか」

「わかりました。」

新四郎は伊蔵に後事を托すと急いで桜田屋に戻った。

富永忠左衛門と梶谷早苗は身支度をすませて、桜田屋で待機していた。

牧野又五郎は善兵衛のいる姫路屋からの現金護送の護衛役についていた。

忠左衛門も早苗も緊張した面持ちでかたい表情をしている。

みな、戦いに備えた稽古着を着込んで、刀の目釘に湿りを入れ、鉢巻き、たすきがけをして、わらじの紐を二重に締めていた。

「おのおの何が起きるか予想もつかぬ。娘のおふくを救い出すのが一番の目的だ。そのことを知ったうえでおのおのが万全の働きを願いたい」

新四郎は二人にこう告げると、ともに桜田屋を出発した。

湧き上がる緊張感がいつしか躰をこわばらせていた。

筑前領の西方に位置する姪浜港は塩田から精製された天日塩の船積み港として利用されるが、博多湾に浮かぶ能古島や地島への渡船場としても使われている。

丑刻（午前一時）になれば、人影もぱったりと途絶えて玄海灘から打ちよせる波の音だけが聞こえていた。海風も昼間とちがって驚くほど静かになっていた。

満月が近いためか、月の光が港全体を照らし出している。提灯の明かりがなくとも、眼が慣れると人の動きもかなり遠くからでもわかるほどの見通しのよい夜になっていた。

姫路屋の持ち船はすでに港に到着していて、岸壁に横付けにされていた。

持ち船に積んだ身の代金は善兵衛が一緒に乗り込んで、警戒にあたり、牧野又五郎がその身辺を護っていた。

新四郎は戦いとなれば富永忠左衛門と二人で賊と対峙することを申し合わせていた。

おふくを無事に救出した際には、奪還されないように身を隠す場所として、いちはやく早苗を地蔵堂にひそませた。

待ち受ける体勢が整った頃、丑刻（午前一時）の刻限を知らせる時鐘が聞こえてきた。

　すると港の入り口あたりに人影が現れた、

「来たぞ」

　新四郎は忠左衛門に声をかけると、月明かりに遠眼を凝らした。

　次第に人影が増えた。続いて二頭の馬とそれに騎乗する者と数人が駕籠らしき物を囲むようにして付き従っている。

　新四郎の予想が外れていなければ、馬上の者は瀧本左馬介だろう。

　新四郎は刀の目釘を確かめると、たすきを締め直した。

「姫路屋はどこにいる？　いたら返答しろ」

　十数間離れたところから賊の一人が何度も叫んだ。

「ここにおる。娘のおふくはいるか。声を聞かせてくれ！」

　持ち船の上から善兵衛が大声で叫んだ。

「この駕籠の中にいる。金は持って来たか？」

馬上の侍が言った。錆びた野太い声だった。馬の側には駕籠らしきものが置かれている。

「ならば、まず先に、おふくの声を聞かせてくれ！」

懇願したような声で善兵衛が叫んだ。

「心配いたすな。いま聞かせてやる」

馬上から指図を受けた賊の一人がすだれを上げて女を駕籠の外に立たせた。

よろけながら立った姿は夜目にもおふくに間違いなかった。

「おふくー、無事か…」

船上から善兵衛の叫ぶ声が聞こえた。

「父っつあん！」

おふくは荒縄で縛られていたが、父親の声に促されるように叫んで、とっさに逃げようと抗った。が、すぐに賊に引き戻された。

「このとおりだ。おぬしの娘はここにおる。約束の金を渡せば、娘はすぐに引き渡してやろう」

黒覆面をした馬上の侍は馬の手綱を巧みにさばきながら言った。

「身代金は用心のために持ち船で運んでまいりました。船から降ろすまでしばらくお待ちくだされ」

新四郎は、この場に及んでも、おふくを助け出す良い策がないことをさとった。唯一、奪還する方策が浮かぶまで、時を稼ぎたいという思いだった。

千両箱が船から降ろされ始めた。

皆の視線と関心が降ろされる千両箱に釘付けされていた。

その時だった。

海岸の砂浜を東の後方から駆けつける黒い影が見えた。

素早く半纏を翻して走り込んできたのは、鳶職の伊蔵だった。

よろけるようになりながら、新四郎の両腕にしがみついた。

伊蔵の肺臓が大きく波打っている。

「長瀬の旦那、馬に乗っている奴は、瀧本屋敷から出て来た侍だ。このあっしがこの眼で確かめてまいりました。神明に誓って間違いございません」

伊蔵が馬上の武士を指さしながら大声で叫んだ。

「伊蔵、よくやってくれた！」

新四郎が叫んで身構えた時だった。

黒い影が疾風のように走り出て、おふくを捕らえていた賊にぶち当たっていた。その瞬時、キラリと刃が光ったと思うと、賊はくずれるように倒れた。

地蔵堂にひそんで隙を窺っていた早苗だった。

早苗は素早い動きでおふくを連れてその場を逃れた。

「斬れ！」

馬上の武士は、まわりの者を叱りつけると、ひらりと馬からおりて、新四郎に近づいていた。

すると富永忠左衛門が新四郎を脇に押しやって前に出た。

「それがしがお相手いたそう」

無造作に大刀を抜くと間合いを詰めた。

「わしは富永忠左衛門と申す、そなたは瀧本左馬介だな」

「いかにも瀧本左馬介だ。そなたの腕でわしが倒せるか」

不敵に笑うとすばやく大刀を抜いて青眼に構えた。

青白い能面のような顔立ちで痩身の左馬介には驚くほどに隙がなかった。

……おそろしく腕が立つ、強敵だ。

白刃を何度もかいくぐったほどの腕を持つ忠左衛門も安易に踏み込めず、長く対峙が続いた。

牧野又五郎はいつしか善兵衛の側から離れて、走り込むと賊の一人と闘っていた。

新四郎は忍びの者とも思われる家人らしき二人を相手にしていた。

いきなり一人が刀を振り上げて右斜めから袈裟に斬り込んで来た。鋭さを秘めた剣筋だった。すばやい動きの非凡な相手だった。
今度は他の二人が前後から同時に襲って来た。新四郎はすばやく身を沈める
と頭上に両方の剣を受け止めて攻撃を凌いだ。
受け止めた剣を素早く横に払うと一人の脾腹を斬り裂いていた。
その様子を見た賊は少しひるんだ気配を見せて数歩後退した。
「長瀬さま、おふくさんは無事に助けました」
早苗の甲高い声が聞こえた。
おふくを無事に奪還できたのであれば、もはや無益な戦いをすべきではない。
「瀧本左馬介どの、すでにそなたの罪は明白に露見しておる。もはや言い逃
れはでき申さぬ。それでもなお手向かいなさるお積もりか」
新四郎は忠左衛門に対峙を続けている左馬介に向かってふたたび叫んだ。
すでに身元が割れてしまったいま、もはや言い逃れは断たれたも同然である。
女人の能面のような顔が般若の面のように泣き笑いのような顔つきに変わっ

ていった。右手に刀をさげたまま、新四郎を見つめた。

人質も取り返されて姓名も知られてはもはや抗弁のしようもない。

「武士の意地だ、そなたがどれほどの腕前か、剣を交えてみたいが、どうだ、受けてくれるか」

左馬介はもはや逃れられぬと覚悟を決めたかのように、新四郎に向かって言った。

一矢を報いたいという気持ちがありありと見えた。

富永忠左衛門も容易に斬り込めないほどの技倆だが、挑戦を拒むことはできまい。一瞬墟を突かれたが、新四郎は腹をくった。

乾坤一擲（けんこんいってき）の勝負を挑まれたのだ。

左馬介の非凡な剣に勝てる自信はない。

……だが、受けねば用心棒に値しないではないか。

「富永どの、剣を引かれよ。瀧本どのはそれがしとの立ち会いをのぞんでおられる。おぬしにかわって立ち合おう」

新四郎は青眼に身構えていた富永忠左衛門を脇に押しやると、左馬介の前に立った。

「立ち合う前にそなたの姓名を聞いておきたい」

「長瀬新四郎と申す」

「あい、わかった、わしは瀧本左馬介じゃ。ではまいろう」

剣を青眼に構えた新四郎は、左馬介の剣技の凄さをすぐに実感した。

……これほどの剣技とは思わなんだ。

毛穴から汗が吹き出して、躰が総毛立つという感覚が脳裡を過ぎった。

死を悟った心に微塵の迷いはなくなるのかもしれない。微動もしない刀身に左馬介の躰が隠れてしまい、まったく斬り込む隙がなかった。

わずかに間合いを詰めて右足を引きつけながら攻めの姿勢に移ると、左馬介はこれを察知したかのように間合いの幅を広く取った。

思い切って踏み込んだ一撃もかわされて、さらに二、三合の後、躰が入れ替わって、また長い対峙が続いた。総身にどっと汗が吹き出し、口が乾きはじめた。

長い対峙はお互いに我慢の限界を迎える時が必ず訪れる。その動きをどちらが先に取るか、いかにそれを防禦するかにかかってくる。

左馬介がついに長い対峙に耐えきれず、素早く間合いを詰めて斬り込んで来た。

新四郎はその剣をかろうじて跳ね返すことができた。

暗闇に火花が散った。躰をよじった際に斬り裂かれた袖が垂れさがった。

左馬介の鋭い一撃を幾度もかわしたことで、新四郎の躰の動きに柔軟さが生まれていた。足の送りが思うようになるのを感じた。

今度は新四郎が間合いを詰めて一歩踏み込むと、すべらすように剣を横に払った。左馬介は間合いを誤り避けそこなったのか、新四郎は剣先に手応えを感じた。

しかし新四郎も左馬介の鋭い反しの一閃によって左腕に斬られた感覚が走った。

退く動きの鈍った左馬介に新四郎はためらいなく踏み込んでいた。

左肩口からざくりと斬り下げた感触が手元に伝わった。

左馬介はがくりと膝を折ると、前のめりに崩れるように倒れた。

新四郎は流れる汗にまみれていた。

かろうじて強敵左馬介に撃ち勝ったという実感が躰中にわきあがっていた。

左馬介が討たれると三人の賊はじりじりと間合いを離れると、そのまま素早く逃げ去った。


姪浜港で終結した身の代金目的の拐かし事件は、姫路屋善兵衛と誼みのある福岡藩町奉行与力、酒井達之進を通じて内々に事後処理がなされた。

町奉行に極秘で事件に対処したことは、厳しく叱責された。が、藩上家士が関わった身の代金目的の拐かし事件を公にすることが憚られた。事件に関わった者は堅く口止めされたが、重い処分を受けることもなく無事に放免された。

一方、姫路屋の後妻、嘉代は料亭の仲居をしていた当時、瀧本左馬介とのつながりがあったことも後でわかった。

姫路屋の内情を左馬介に伝えていたのかも知れない。その内情を知ったことから身の代金を狙った拐かしに考えが及んだのだろうか。

だが依然として瀧本左馬介が三千両という大金欲しさに拐かし事件を起こした動機については、未解決のままに終結となった。

事件以後も嘉代の行方は杳としてわからぬままであった。

新四郎は安全におふくを助け出すことができて、ようやく肩の荷を降ろした。

新四郎が予想した通り、おふくの話では、瀧本屋敷内の座敷牢に匿われていたという。屋敷の女中によって食事などの世話を受けたという。まかないの女中の監視の中で過ごしたこともわかった。

善兵衛が心配したような暴行や虐待を受けるような非道はなかったという。身の代金を狙った左馬介だったが、藩の上家士としての矜持を守ったのだ。

「長瀬さまのお骨折りのお陰で、無事に娘のおふくが戻りました。心からお礼を申しあげます」

「ほんとうに運がよかった。皆がよく働いてくれたお陰でござる。関わった方々への手当ての方も宜しく頼んだぞ」

「承知いたしました。身の代金も奪われず無事に済んだことでもありますからな。そこのところはよく考えております」

幾度も礼を述べた後、満面に微笑を浮かべた善兵衛から手当てを渡された。

後は新四郎が、各人の働きに応じて手当てを渡せばよかった。

事件で活躍してくれた早苗をはじめ、大工の弥助、鳶の伊蔵、又五郎、忠左衛門などの顔が次々に浮かんだ。

姫路屋の玄関先を出ると、おふくが笑いを含んだ顔をして待っていた。

すぐ先の橋のたもとまで見送りたいと言ってついて来た。

「先生、これからも会ってくださいますか？」

「もちろんじゃ、それまで元気でな…」

しばらく会っていないうちに、おふくは匂うようなふくよかな色気を含んだ娘になっていることに気づいた。

拐かしに遭って、親子の人情、人を見る眼、物を見る眼が深くなったのだろう。

……若い娘は、少し見ないうちにさなぎが脱皮するように美しくなるものだな。

「先生、びっくりすることを教えましょうか？」

おふくが、立ち止まって新四郎を見つめて言った。

「なに？　わしが驚くこととはいったいなんだ？」

ちょっと口を閉ざすと、とまどった顔つきになった。

「父っつあんから、こっそり聞いたのですが、実は三千両は揃えられなかったみたい」

「なに、それで白旗を掲げたのか？」

「不景気でね、どこの商家も金がなくて、わたしのことも心配だったので、身の代金はなんとか二千五百両で許してもらおうと思っていたらしいの」

危ういところだったなと新四郎は心の中で胸をなで下ろした。

約束どおりの金を引き渡さねば、おふくの命はまさに危機一発だったのだ。

……博多商人も思い切った賭をやるものだな。

「じゃあな、おふく、元気でな」

長瀬新四郎は事件が落着した姫路屋を叱る気持ちはわかなかった。

おふくが無事に手元に戻ってきたことへの感謝の気持ちであろう。

善兵衛から受け取った手当ては新四郎が予想もしなかった高い額であった。

新緑の中、爽やかな風が吹き抜けるような心地よい気持ちで、日雇い長屋にむかっていた。

終わり

拐かし
ISBN978-4-434-33227-2　C0093

発行日　2024年3月1日　初版 第1刷

著 者　周防　凛太郎
発行者　東　保司

発 行 所
櫂 歌 書 房

〒811-1365　福岡市南区皿山4丁目14-2
TEL 092-511-8111　FAX 092-511-6641
E-mail: e@touka.com　http://www.touka.com

発売元：星雲社（共同出版社・流通責任出版社）

「積善と隠徳」

中国明の時代の大学者、袁了凡が生涯をかけて実行した
生き方。
謙虚に生きつつ、積善の目標を定めて、
日々の善い行いから悪い行いを差し引いて残った善い行い
の数を積み上げていくことによって人生の目標も定まり、
継続心を養える。

身近な生活の中ですぐにでも実行できる、
具体的な善い行いを数多くご紹介。

あなたの善い行いは、
自分の運命を変える。

大谷翔平選手も実践！
目標をかなえるマンダラチャートもご紹介。

お子様から大人まで、ぜひ読んでもらいたい1冊です。
自分にできることを見つけ、勇気を持って行動の一歩を踏
み出してみませんか。

屋久島

時空隧道（上・下巻）

周防　凛太朗

四六判

各定価 770 円（本体 700 円＋税 10%）

時空を超え、
様々な試練が待ち受ける！

屋久島を訪れた美佐。そこで歴史研究家の雄一郎と出会う。
親しくなった二人は、かつて女人禁制であった
屋久島「宮之浦岳」の登山へ。
しかし突然天候が大きく崩れ、二人は土石流に巻き込まれる。
見たこともない大きな洞窟に流れ着き、
トンネルを出た二人がたどり着いたのは、
なんと八百年前の平家の落人の村だった――

壮大な屋久島の自然を背景にした傑作小説！